郎景和 像 卢沧海 画

什么是悟呢?
就是什么都可以想,
什么都可以不想。
　　　　——作者自题

一个医生的悟语

郎景和 著

生活·讀書·新知 三联书店

Copyright © 2016 by SDX Joint Publishing Company.
All Rights Reserved.
本作品版权由生活·读书·新知三联书店所有。
未经许可，不得翻印。

图书在版编目（CIP）数据

一个医生的悟语／郎景和著．—北京：生活·读书·新知三联书店，2017.1
ISBN 978-7-108-05851-5

Ⅰ.①一… Ⅱ.①郎… Ⅲ.①随笔－作品集－中国－当代 Ⅳ.①I267.1

中国版本图书馆CIP数据核字（2016）第277911号

责任编辑	唐明星
装帧设计	刘　洋
责任校对	张　睿　常高峰
责任印制	徐　方

出版发行　生活·讀書·新知 三联书店
　　　　　（北京市东城区美术馆东街22号 100010）
网　　址　www.sdxjpc.com
经　　销　新华书店
印　　刷　北京隆昌伟业印刷有限公司
版　　次　2017年1月北京第1版
　　　　　2017年1月北京第1次印刷
开　　本　635毫米×965毫米　1/16　印张14.25
字　　数　172千字　图80幅
印　　数　00,001-50,000册
定　　价　45.00元

（印装查询：01064002715；邮购查询：01084010542）

参编者

（按姓氏音序排列）

艾星子·艾里	李晓川	王巍
陈春林	李战飞	阳艳军
陈娟	李志刚	杨华
陈娜	刘海元	杨洁
戴薇	刘倩	俞梅
戴毅	吕昌帅	张德普
戴毓欣	毛溯	张俊吉
邓姗	邱琳	张庆霞
狄文	山丹	张雪芳
冯碧波	商晓	张颖
付晨薇	宋英娜	张震宇
顾宇	孙智晶	赵栋
季瑜婷	谭先杰	赵学英
蒋芳	仝佳丽	钟逸锋
蒋宇林	王含必	周慧梅
金力	王宏	周星楠
冷金花	王洪庆	周逸丹
李华军	王立杰	周莹
李雷	王姝	朱兰
李玲	王涛	朱信信

与文内印章及书法者王涛博士　　　　　与文内手绘插图者杨洁博士

目 录

代序　关于悟语和阐述 …… 1

一 为人

善良 …… 2
感情 …… 3
成功 …… 5
爱 …… 8
纪念与感恩 …… 10
相处 …… 15
独处 …… 19
对己 …… 20
对人 …… 22
经历 …… 26
处世 …… 28
祖国 …… 35
梦想 …… 35
智慧 …… 36
情调与乐趣 …… 39
书写 …… 42
名声 …… 44
奉献 …… 44
痛楚、苦难与不幸 …… 45
死亡与诞生 …… 49

二 做事

知识与学习	54
提问与质疑	61
读书	66
当主任	69
带学生	73
做学生	75
哲学	76
科研与兴趣	77
科学的方法	80
科学与哲学	82
科学、自然与宗教	85
科学与艺术	87
科学的历练	87
科学的局限	88
成与败，对与错	88
聪明与愚钝	91
学术与学问	92
长与幼	94
快与慢	95
数字与《易经》	98

三 行医

医学是哲学	102
医学是仁学	118
医学是科学	125
医学是实践与经验	130
医学的困境	133
医生的道德修养	134
医生的职业修炼	137
医生的乐与趣	145
医学与绘画	148
医学与科普	149
医学与传承	154
医与患	155
人与病	173
病与治的哲学解读	180
病与治的诗意联想	185
性，如是说	187
手术之一：决策	189
手术之二：技巧	200
手术之三：台风	203
外科医生	206

后　记　213

代序

关于悟语和阐述

"悟语"是经意或者不经意写下的字句,
对其阐述
可以是经意或者不经意的评论,
有悟性就好;

"悟语"是反刍或者琢磨出来的醴酿,
对其阐述
可以酸甜或者苦辣,
有味道就好;

"悟语"是吮啜或者自然溢流的奶汁,
对其阐述
可以是令人喜欢或者惹人生厌,
有营养就好;

"悟语"是心灵或者思想跳动的火花,
对其阐述
可以不必熊熊烈焰或者石破天惊,
有闪光就好;

"悟语"是反省或者忏悔的自白，
对其阐述
可以不必文过饰非或者迁怒他人，
有醒悟就好；

"悟语"是经历或者体验的痕迹，
对其阐述
可以存遗憾欠完美，
有印证就好。

郎景和
二〇一六年春

一 为人

善良

1. 对于女人来说，最高贵的品质是善良，其次是美丽。

这句话出自作家毕淑敏对郎大夫的一次访谈。毕："你见过那么多女人，你认为对女人来说，最高贵的品质是什么？"郎（毫不迟疑地）："善良，其次是美丽。"

后来我问郎大夫："这个回答很妙，您当时怎么能想到要这样回答？"他说："不用想，就是这么认为的。"（王姝）

2. "可他确实是个好人……"

这是郎大夫在一篇小文中对"药房老孙"的评价。若非确有其人真事，这篇仅七八百字的小文倒更像是一篇令人拍手叫绝的短篇小说。老孙本就是个兢兢业业的药房煎药师傅，忠于职守、为人厚道。但在那段历史中也难免经历了被"推举"、被"进步"、被"发言"、被"革命"的人生悲喜闹剧。"风波"过后，老孙也终下得"台"来，继续他平静朴实的生活。直到老孙老了无人接替，他又"不明智"地让女儿接了班，自有各种议论揣测。但老孙说，因为他是"药王"之后。而郎大夫

说:"他确实是个好人"。(王姝)

3. 难看——真正的难看不堪者绝少。多数的难看不在脸上,不在身上,而在内心、素质和行为上。

或许每个人都有过这样的体验或经历。他们长得算不上漂亮,但或许温和善良、善解人意,或许思维敏捷、言巧健谈,或许顾及他人、善于聆听,或许阅历丰富、通达事理,或许心思缜密、注重细节,或许学富五车、知识渊博,或许兢兢业业、克己奉公,或许心灵手巧、技艺超群。或许在他人的第一面、第一眼时,他们只是个相貌平平者,可在交往中、工作里、讲台上、交谈中,他们身上会散发出遮掩不住的光彩,透露出由内及外的美。上述每一种,只要仔细观察、用心体会,总能发现。而通常,只要一经发现,这种美会改变其在别人心目中对容貌的最初印象,那眉眼竟也会越看越美呢。当然,反之亦然。(王姝)

感情

4. 人的感情是最神秘的,有感情才有幸福。

这句话还是出自毕淑敏对郎大夫的一次访谈。毕:"有朋友认为,男妇产科大夫对女人懂得太多了,没有神秘感了,就不会幸福。"郎:"幸福和神秘画等号吗?什么东西最神秘?是肉体吗?我以为最神秘的是人的思想,身体没什么可神秘的。女人只靠身体的神秘感吸引男人吗?当身体不再神秘以后,幸福存在何方?人的感情是最神秘的,有感情才有幸福。"(王姝)

我想这句话不仅适用于男女之情,也是医生职业幸福的根源。当下社会,作为医生,经常面临复杂的人际,复杂的人情,幸福的、温情的、暴力的、失望的……常常一并向我们涌来。那些有关医闹、医暴事件的新闻不时袭来。愤怒、委屈、难过……所有这些情绪却始终无法消磨掉我们从医的那份执念和它给予我们的幸福。幸福来自于患者费尽周折、远途劳顿来就诊的期许，幸福来自于托付亲人、托付健康的依赖，幸福来自于手术前信任的目光和手术后感谢的话语。那一日急救室里，她孱弱黯然，我们许多人一起奋力把她从死亡线上拉了回来；这一日复诊台旁，她病愈后站在我面前盈盈带笑，共同分享生命与健康的秘密。我默默地收获旁人无法体会的满足与幸福！医患无异于其他人与人之间的相处，有感情，就有幸福。（付晨薇）

与付晨薇博士

5. 存储——人们往往在意存储钱财，不太在意存储恩情。

此处，"存储"一词妙极。我们常常会受人恩惠，可能是随时随地的小方便，也有性命攸关的大恩情。大多数人，在当时，都会有感谢之意；大多数人，在当时，也都会在心中规划日后的致谢，甚至回报。恩情，若看重它、珍藏它，它就会在心里沉淀发酵，时间愈久味道愈浓。若受之无感，视为理所当然，自然如风中之音很快远离、消逝。曾听得古稀老人寻根报恩,也曾听得骨肉、师生、医患对簿公堂。前者令人称道、令人动容,后者令人心寒、让人唏嘘。存储恩情之人与存储钱财之人一样,最终都会成为富有之人,前者的财富在心里不会贬值,后者的财富在银行里就不好说了。

此外,对待钱财和对待恩情一样,如郎大夫常说的,给别人的很快忘记,拿别人的牢记心中,加倍奉还。如此,于己无累,于心能安。(王姝)

成功

6. 没有任何过错,也不见得成功。

有一次和一位毕业后多年不见的师兄一起去老师办公室,老师问师兄:"断过几根输尿管啦?"师兄答道:"基本上没断过。"老师笑着说:"那说明你手术做得还是不够多、手术不够难。"当然,这句话不限于医学的实践,更多的是为人的一种警醒。成功了,或许是因为步履平地;失败了,也可能因为身处高山。(杨华)

与杨华博士

7. 对于那些已经把科学当成人类共同财富的科学家们来说,绝不会去斤斤计较成绩大小和获得成果的先后这类庸俗的问题。

科学是人创造的,所以尽管科学是客观冷峻的,但人是多彩的,科学的历史离不开关于人性、人情的故事。关于这句话,有几个郎大夫常讲的历史上著名科学家的故事做背景。一个故事是关于麻醉的。19世纪中期,有一位美国牙医韦尔斯偶然发现一氧化氮吸入人体后,病人就迷糊,拔牙就不疼了。但一氧化氮吸多了又会中毒,所以在一次公开演示中,因效果不好,病人疼得跳起来跑了,当众搞得他很尴尬。他的助手莫顿由此想到,有没有别的更好的麻醉剂呢。他找到化学家杰克逊,后者建议他试试乙醚,结果大获成功。但此后,风云四起。莫顿成功后提出了专利申请。但韦尔斯、杰克逊都声称专利应该属于他们,至少他们也有份。杰克逊认为,他是化学家,是他把乙醚的麻醉作用介绍给莫顿的。而韦尔斯认为,是他最早想到麻醉,否则不会有后面的成功。发明权之争引发了旷日持久的官司,最后,韦尔斯自杀,杰克逊得了精神病,而莫顿因脑溢血而去世。

而另一个截然相反的例子是关于《物种起源》的故事。1858年,正当达尔文准备发表一部有关物种起源的著作时,突然收到老朋友科学家华莱士寄来的一份有关进化论的论文,其中的观点与他的研究惊人地不谋而合。虽然达尔文研究物种起源已长达20年,但他仍决意把发现的全部功劳归于华莱士,而自己退避三舍。华莱士在谦逊大度方面亦"毫不示弱",他宣布自己是"偶然的幸运",成绩应该归达尔文。由此成就了一段关于物种起源的佳话。

个中是非高下,成败荣辱,不言自明吧。(王姝)

8. 成功——进步靠对手，成功靠朋友；小成靠朋友，大成靠对手；小成要苦难，大成要灾难。

借用列夫·托尔斯泰的那句名言，也可以说：成功者常常是相似的，而失败者则各有各的原因。充分利用顺境的人能获得小的、短暂的成功。而真正的大成者，则能在逆境中保持好的心态、恒久的耐心、高昂的斗志，在其中感悟苦难的意义，从中得到磨砺，最终凤凰涅槃，浴火重生。逆境是成功者的炼丹炉，淬除杂质，试出真金。成功者都少谈苦难，或者淡然提及，一笑而过。也许这就是"武功秘籍"。（张俊吉）

9. 得到快乐即是成功。不过，有的成其功，有的成其过。

快乐，是每个人都意欲追求的东西。我们努力求美、求善、求成名、求成功，根本目的是为了追求心中快乐的感受。然而此番快乐，是独乐，还是众乐；是逞一时之快，还是求长久之乐；是克己利人而来，还是损人利己而得；是纯粹感官享受，还是发自灵魂深处。不好说孰对孰错，哪个该有哪个不该有，也并非不可兼获。只是，快乐不可伤身，快乐不可伤人。若能如此，得到快乐应该是成功了吧。（蒋宇林）

与张俊吉博士

与蒋宇林博士

爱

10. 爱欲——欲是感情释放，爱是情感升华；爱应深入，欲则浅进。

爱与欲，可谓亘古不变的话题，长久讨论而不得其终。粗浅认为，欲是人类为了维持个体生存、物种延续，在长期进化过程中形成的一种本能的欲求，比如食欲、性欲、占有欲，是人的固有属性，追求享用之，无可厚非，不可压抑，压抑有害。全然消极无欲，也无益身心，是不大可能的。然而，若任其释放，则欲无止境，欲壑难填，终会被囚困于欲念里，甚至焚身于欲火中。而爱是人类文明诞生和发展过程中形成的一种更高级的需求和情感，爱是心灵的契合，爱是甘愿奉献；爱是比共处一室更近的距离，爱是远隔千里却不会离断的关系；爱是能放弃利益，爱是能舍弃生命；爱能升华善欲，爱能阻拦恶欲。

郎大夫有一篇短文《占有》，在此品味一二。"我们总企望占有，将欲望当作一种追求。须知，你占有了它，它也占有了你。你占有了电视机，电视机也占有了你——它规定了你每晚的视觉天地；你占有了房子，房子也占有了你——它划定了你的范围，你成了它的囚徒和奴隶；你占有了汽车，汽车也占有了你——你也许快捷，却不能安步；你占有了金钱，金钱也占有了你——你为此辛苦恐睢，腐败堕落；你占有了权力，权力也占有了你——它可能泯灭了天性，催生了恶劣；你占有了名利，名利也占有了你——你可能迷途，也可能失落；你占有了情人，情人也占有了你——彼会使你快慰，也会使你沉沦；我们总是企望占有，却常常忽略，占有的危机。不能随心所欲，与能够随心所欲——都同样可能酿成悲剧！最好把占有视为君子之交的朋友——能够自然、自由、自省地拥有。"（王姝）

11."也许我们不能做出伟大的事情,但可以用伟大的爱做些小事情。"——修女特蕾莎

曾看过这样一个故事:退潮后的海边,留下许多搁浅的鱼儿。有一个人在沙滩上将一条条鱼抛回海中。别人不解地问他:"这里有这么多鱼,你能救得了几条呢?"他回答:"能救一条是一条。"身为医生,我们的处境又何其相似!面对病痛生死,我们必然无法普度众生,但我们权且像故事中人一样,以一己微薄之力,心怀善意面对每一个患者,尽己所能来治疗每一个患者。即使我们救不了所有的人,治不了所有的病,但会努力投入到每一次我们经历的救治中去。(顾宇)

与顾宇博士

不积跬步无以至千里。细节决定成败。有无大爱姑且不论,任何事情都需要踏踏实实地从小事做起。不喜欢冠冕堂皇的长篇大论,那样仍然搞不清具体要做什么;也不喜欢空泛华丽的"蓝图",只想知道自己能做什么,怎么做。(邓姗)

小李因为附件肿物躺在手术等候区的平车上等待手术,我习惯地走

到等候区核对下一个手术病人,走到她的手术车前,看着她紧闭双眼,于是拍拍她的脑门,问候道:"怎么样?别紧张啊,下一个就是你,一会儿就完,大睡一觉。"她术后康复即将出院,特意找到我说:"金教授,我今生永远不会忘记你轻拍我脑门时手上的温度,那是一种带着安全和踏实的感觉。"(金力)

纪念与感恩

12. 纪念碑——渥太华市一座原市长的塑像,下面镌刻着:如果你想寻找他的纪念碑,请看看你的周围。

在庆祝郎大夫从医50周年的学生聚会上,我们作了一首关于纪念、关于纪念碑、关于传承、关于传承者的小诗。

曾经,您是他们的学生;之后,您有了自己的学生;而后,您的学生,我们,也有了学生……/您,感念先师(林巧稚大夫、宋鸿钊大夫、吴葆桢大夫……),用讲述传播他们的故事,用文字记录他们的功绩,用仪式把怀念变成盛大的纪念日和节日/您说,纪念,不一定需要纪念碑,只需看一看他们的周围,而我们,看见您,就能感受到他们立下的丰碑……/您说,她(林巧稚大夫)心地如水、待人如亲、敬业如命;而我们,看见您,真诚豁达、温和善良、不辞辛苦/您说,他(宋鸿钊大夫)严谨专注、心细如发、随和谦逊;而我们,看见您,心无旁骛、细致敏锐、虚怀若谷/您说,他(吴葆桢大夫)耿直率真、仁义彪炳、为师、为兄、为伴;而我们,看见您,通达幽默、利人克己、如父、如亲、如友/医学的殿堂里,和您一样,我们都有幸师承大家/恩德的传承中,和您一样,我们都有福感同身受/飞檐绿瓦,灰墙浓荫;日月更迭,岁月荏苒/书墨的暗流还在四周氤氲,咖啡的浓香还在空中

也許我們常常無法去做偉大的事
但可以用偉大的關愛和仁慈的心
來做些小事

弥漫／任院墙之外，喧闹着不同的喧闹，院墙之内，愿我们，能与您一起，继续这不变的传承……（王姝）

13. 高山之远，在于巨人肩托之功；雷霆之力，赖于大地含蕴之能。先生是巨人，先生是大地。先生张山林枝叶，先生扬浩瀚波澜。绿荫呵护我身，甘露滋润我心。——吴葆桢大夫逝世十周年祭

老师这段话本身体现的是老师对作为亦师亦友的吴葆桢大夫的深切怀念。这段话让我们想到的，是老师倡导的每年一次西山脚下祭奠前辈的活动，关于协和前辈们的故事，也都是老师带领我们前往祭奠时讲的。风雨无阻，从未间断，二十余载。

与谭先杰博士

老师多次告诫我们，要珍惜在协和的缘分，要珍惜和同事们相处的缘分。有一年参加完祭奠活动后，我发了这样一条微博：惜缘。西山脚下，苍松翠柏，长眠着北京协和医院妇产科宋鸿钊院士、吴葆桢教授和王元萼教授。自1993年起，每年3月初，郎景和院士一行都会拜谒祭扫。同辈和小辈给已故前辈敬烟敬酒，敬花敬果，年复一年地聊他们

永远记着老师
2015年教师节

教我们的人，永远记在心里，
从咿呀学语，到大学讲堂；
教我们的好人，永远叮嘱着我们，
从政治辅导，到毕业留言；
教我们的人，永远关注着我们，
从似凡相识，到别久别重逢；
教我们的好人，永远是我们的表率，
从呱呱坠地，到旺子笙；
教我们的好人，永远是力量的源泉，
从托跤加双手，到弓矣的双肩；
教我们的人，永远是向标时的星，
从牙学走路，到勇敢向前；
教我们的好人，永远不能相忘，
从江河大海，到日月蓝天……

晏和 2015.9.10

的趣事、感人事和糗事，讲科里的大事和喜事。情也切切，乐也融融。二十余载，风雨无阻……

我将上述内容用短信发给老师，老师用"仓央嘉措体"进行了回复："是的，爱或者不爱，下辈子都不会再见。"（谭先杰）

14. 我们和许许多多被她教育、被她救治、被她感动的人一样，永远谨记她留给我们最好的礼物：对知识和技术的渴望，对真理的追求和理解，对人的善良、同情和关爱，以及用毕生力量改善人与社会健康的智慧。——纪念林巧稚大夫

从1993年（林巧稚大夫逝世十周年）起，郎大夫在协和医院妇产科开始主持举办纪念林巧稚大夫青年医生论文报告会。自此，每年12月的最后一个星期五，科里主治以下的每一位年轻医生都要就本年度自己的临床或临床基础研究进行论文汇报，届时全科各级医师、护士，包括所有进修医生、研究生、基地培训大夫基本全部到会，还请院内外的知名教授担当评委，评出优秀论文一、二、三等奖。获奖者有奖状，有奖金，有合影。会后有晚宴，科里正副主任和所有正教授悉数出席，年轻医生只有获奖者才有资格参加。22年过去了，汇报的论文数量逐年增加，质量越来越高，也有众多院外同道闻讯前来旁听，偌大会场，几无虚座，盛况堪比全国会议。如今，每年一度的"纪念林巧稚大夫诞辰妇产科论坛暨青年医师论文报告会"已经成为协和医院妇产科的品牌会议。一批批年轻医生在这个平台上锻炼、成长、成熟，许多人已经成为全国知名专家和亚专业学科的领军人物。

每次大会开场，郎大夫的开场致辞都能让在座的所有人感动并激昂起来。台前的大屏幕上，缓缓播放着林大夫和诸多前辈的老照片。其间，郎大夫念诵着深情的词句："我们和许许多多被她教育、被她救治、被她感动的人一样,永远谨记她留给我们最好的礼物:对知识和技术的渴望,对真理的追求和理解,对人的善良、同情和关爱,以及用毕生力量改善人与社会健康的智慧。今天,我们聚在这里,一起学习林大夫,纪念林大夫!"

历史的长河里,他们在源头,那么遥不可及,那么闪耀而催人追随;历史的长河里,他们已融入水中,那么亲近,那么伸手可得,那么甘美,那么沁人心脾。我们也汇合到这无尽的长河里了。(王姝)

与王姝博士

相处

15. "我们明天还会见面,他会不会不好意思呢……"

这是另一个小故事。那是一个寒冬的夜晚,郎大夫做完手术时,已近深夜。这台卵巢癌手术历经七八个小时,非常艰苦,最终还是完成了"满意的肿瘤细胞减灭"。他感到很饿,打算起身回家。这时,病人儿子及其他家属拥入郎大夫的办公室,万般感谢,诚邀吃饭,红包送上。郎大夫将感谢收下,其他婉拒之后,终得告辞。那时郎大夫都是骑自行车或步行上下班（现在还会周末骑自行车去三联书店看书），冬夜北风刺骨，他奋力蹬车，及至十字路口，绿灯通行，恰逢一辆轿车擦身右转，几乎撞上；幸好车速不快，但郎大夫为了避让，人车一起倒地；他尚未立起，车上先下来一人，目不斜视，查看车是否有"伤情"，同时呵斥"眼睛长哪儿了"。本不打算与之计较，怎料轿车司机跳下车来，竟上前抓领，口出恶言。就在此瞬间，四目相对，发现这不正是十几分钟前满脸堆笑、千恩万谢的病人之子吗？（摘录自《一个医生的哲学》中《哎，人呐》）

这个故事很多人都看过，据说，发表之初，很多亲朋好友甚至病人都劝慰郎大夫"不要与之一般见识"。但在我看来，郎大夫的善良远远超过了"原谅他"。他在文中写道，"当时尴尬之极""我们明天还会见面，他会不会不好意思呢……"

写到此处，心中不免隐隐作痛。都说"善"就是不伤害。但在自己受到伤害的时候，还能想到对方"尴尬""不好意思"的那份恻隐之心，也不知那位老兄能体会得到吗？体会到了又会作何感想呢？

再讲一个小故事吧。协和妇产科的门诊号难挂，路人皆知。而郎大夫则多年来不对外挂号，只看科内、院内同事或外院同行转诊的疑难病人，当然也有个把熟人加号。但偶尔会有负责妇科门诊的清洁工或者饭堂的大师傅前来，多少是有点战战兢兢、毕恭毕敬地提出家里有至亲生病，四处求医但不顺利，想请求加郎大夫号。而郎大夫必定会一口应允下来，提笔写条，让来人安心，方便其加号。待他出门去后，郎大夫就会说："如果是科主任、大教授可以不加，因为他们还可以去找别人，也一定能找到其他人看。但清洁工、大师傅们或许是鼓了很大勇气来的，拒绝了，可能他就真没办法了。"（王姝）

16. 我们同是上车人，我们同是车上人。我们同样挤，我们同样喊。但我们的心理和行为可以"分裂"如此。

老师这句话说的是挤车，其实何止是挤车。比如敏感的职称评定吧，当我在要从副高职称晋升正高的过程中遇到阻拦时，一位年资比我高的同事对我说："你们现在都升得太快了，科里哪里要得了这么多正高。"而在我的记忆中，这位同事当年为了升正高也是整天在念叨，费尽了九牛二虎之力往上走。

知识分子，也是凡人，"分裂"理所当然。能做到的，是换位思考，多些体谅，多些理解。（谭先杰）

17. 我们总是在相对的认知中，感到自我的无知和缺陷。于是，我们对自然和宇宙顶礼膜拜、诚惶诚恐，对探索者崇敬，对破坏者憎恶。

很多时候，我们一意追求绝对的真理、绝对的对与错、绝对的正面和反面，也常自以为终于掌握了真理，占据了正确，把持了"对"的正方。更不免会鄙夷自认为的谬误，严词驳斥与我们相左的意见，并自标自榜为"正义"之言之举。然而，那些幸运的人们，终于有一天发现黑暗与光明是如此的彼此依存，白昼与黑夜总是更替轮换，哪能泾渭分明地划分和判定呢。一位诺贝尔奖得主（尼尔斯·博尔）说，真理的反面是另一个真理。拜伦说，真理不是权威的女儿，她是时间的女儿。在时间长河中瞬间存在、倏忽即逝的我们，如何能恰好遇见那绝对的正确、如何能抓住那永恒不变的真理呢？而那绝对的正确和不变的真理究竟在哪儿呢？人们千辛万苦地寻找答案，可发现探寻越深，未知越多，除了俯身敬畏，还能做什么？

想起一句话，人是地球的一抔尘土，地球只是宇宙中的小喽啰……（王姝）

18. 愚蠢的人会使人乏味，自作聪明的人更令人乏味。

老师的这句话，实在不宜过于直白领悟，因为可以对号入座者总大有人在。我相信，能进入北京协和医院工作的，智商都不会太低，前者恐怕没有。小聪明、自作聪明的话别人都是看得出来的。告诫自己，老实做人。（谭先杰）

19. 乖巧惹人喜爱，过于乖巧让人生厌。

记得郎大夫总喜欢开一个关于"真纯"还是"假纯"的玩笑。有道是，真单纯有之，假单纯更多！假单纯乃是一种精巧的骗术，故有假纯（"甲醇"）有害之说（选自《一个医生的非医学词典》之《单纯》）。按我的理解，无论乖巧还是单纯，关键是在真实，发自内心的和顺、自然而然的简单，自然惹人喜爱。如若没了这份真实，则成了伪装的顺从，伪装的纯真。那就还真不如真实的木讷、真实的笨拙、真实的老练、真实的成熟。总之，真实最重要。（王姝）

20. 君子让我们成长，小人让我们成熟。

也可以理解为顺境助人成长，逆境催人成熟。正确看待面临的各种事、遇到的各种人，把遭遇的负面经历变成正面的历练。以事为戒，以人为鉴。阳光下，金子与尘埃都会闪烁，因为它们都折射太阳的耀眼光芒。而黯淡的境遇里，各自发光，善恶美丑昭然若揭，由此更容易学会明事理、辨是非。（王姝）

21. 看似谦卑者，未必真诚；看似傲慢者，也未必凌人。还要透视内心，还要审视行为。

归根结底，还是真实二字！真实的好人、真实的好性情、真实的好事,都会让人感觉到美,让人愉悦与快慰。而真实的不那么好的人、不那么完善的性格、不那么完美的事,固然不能让人高兴舒畅,但终究能归结到真实上,有时事出有因,也会让人心有所怜、心有戚戚焉。而最不堪的,莫过于遮掩、遮盖、伪装、佯装,或许一时粉饰得不错,但终究会露出底色。而那时,伪装的行为连同意欲伪装的事情,就会变成双重的难看、双重的不堪。(王姝)

22. 尊敬老人,尊敬师长,尊敬同事,尊敬学生;要有畏惧,守规矩、忌放肆,谨行事、勿非为。

弟子规,圣人训;首孝悌,次谨信;泛爱众,而亲仁;有余力,则学文……(邓姗)

独处

23. 宁静——我们寻求静,不是安静,不是寂静,安静和寂静只是没有声音,而宁静则是心境。心静自然静,宁静而致远。宁静是意境。

的确,宁静是一种心境,可能受环境影响,但更可能与之无关。古来自有身处闹市、乱世而能保持内心宁静的贤雅之士。正像陶渊明诗中所写:"结庐在人境,而无车马喧。问君何能尔?心远地自偏。"(王姝)

24. 寂寞——寂寞让人享受思想。如果一个人连寂寞的时光都没有,那只是一具行尸走肉。

人总有寂寞的时候,有的人会失眠,有的人会喝醉,有的人会独自在街头徘徊,有的人会独自出发旅行。有人为它愁苦,有人为它焦虑。

有人不安寂寞，也有人享受寂寞。有人说寂寞是无人陪伴，有人说寂寞是人群中的孤单。寂寞，或许更是一种心灵的无处安放、无所适从。在寂寞里享受思想的人，恐怕不会感觉到寂寞，那只是寂静罢了。（周逸丹）

与周逸丹博士

对己

25. 诚如我自己，并没有多少过人之处，却又不少不如人处，不过得到一次机会而已。

这实为成功者的自谦。但有趣的是，往往成功者把成功归于"不过得到一次机会而已"，而常常失败者把失败归于"不过没得到那一次机会而已"。真可谓成也机会、败也机会。然而，机会真就偏爱那些未来的成功者吗？成与败，自有很多原因，不得而知，不可一概而论。若站在"机会"的立场，只见成功者多感恩，失败者多怨恨，恐怕"机会"也是偏好那些知恩善报之人吧。（王姝）

26. 拉罗什富科《道德箴言录》：当我们的缺点不暴露时，我们很容易忘记它们。

人们大多不愿意或者没有勇气暴露缺点。自古即有遮羞、遮丑一说。遮盖了缺点，就可外貌光鲜；遮蔽了瑕疵，就可修旧如新；遮掩了短处，就可视同完人。遮掩之初，总会小心翼翼、噤若寒蝉，生怕被人识破，被人笑话，被人指摘。遮掩得久了，有了自信，也就处之泰然了。更久一点，习惯成自然，就信以为真，全然忘记了。然而，它一直都在，从未离去。缺陷在以它们自己的规律照常运作，从未停歇。你若一直不打算暴露它们，就需要花更大的力气、代价去粉饰。你若放松了、遗忘了、无视了它们的存在，它们就终会在某时某事上显露端倪，最终有可能蚁溃大坝。

暴露缺点，直面缺点，才能了解缺点，克服缺点。暴露需要睿智，直面需要勇气，了解需要理智，克服需要行动。均非易事，而其中暴露最重要。因为暴露缺点的同时，就是邀请他人加入监督、提醒、建议的行列。有解则将其消灭无余，无解则与之安然共处。关键是对其保持清醒和警觉。（王姝）

27. 多数或几乎所有的敌人都是自己造出来的。真正的敌人是自己。

的确如此！心魔是最危险的魔鬼。

曾经有一段时间，我和老师谈人生压力和职业压力，谈苦闷和憋屈，老师对我说："你的压力来源于你自己，你的敌人就是你自己。"

从那以后，心静神宁了很多。做好自己，比说什么想什么都重要。（谭先杰）

对人

28．尊重别人不意味着为谁隐瞒缺陷，而是为了更好地弥补缺陷。

尊重，并非体现在是否为他人隐瞒缺陷上。文过饰非的或者明知不言的，都不能算作真心的尊重。相反，善意地向他人指出不足，诚恳地提出弥补缺陷的建议，或许才是尊重的表现。首先因为，他内心认为你是能够接受、愿意接受他人指正的，是虚心谦逊的，无疑，这行为本身就是对你人格和人品的尊重与信任。其次，他不曾设想或者不会畏惧因指出你的不足而可能招致的怨恨和芥蒂，无疑，其行为本身是他人格和人品值得尊重的彰显。因此，应该能辨忠言，能明善意，善待、感谢对你指出缺陷的那些人。当然，指出别人的缺陷也要讲究方式、方法，毕竟，好意还需用妥帖的方式才能顺畅地表达。（王洪庆）

与王洪庆博士

29．原谅别人的愚钝和过失，欣赏别人的智慧和成功。

懂得原谅，需要一颗善良谦逊的心，不以恶意揣度人，不以冷眼看低人，既不过分标榜、自持高明，也不凭空怨艾、妄自菲薄。学会欣赏也一样。此外，还需要知人善辨的敏锐与洞见，不妒贤嫉能的胸怀，以及随时随地能与周围环境、与自己内心和谐相处的智慧和修养。（邱琳）

30. 反面是有些经常犯错的人，却不能容忍别人犯错。

当我们对某些问题或某些人的观点怀有异议的时候，也许是因为我们还没到那个高度，没有那样的眼界；也或许只是各在不同的高点，各存不同的眼界。所以批评人的人，未必比被批评的人高明。也可能只是不同，也可能尚且不如。（张颖）

《金刚经》里有一句"念起即觉，觉即不随"。时常因为大事小事轰然而至的负面情绪，由此牵连无辜，故对周遭他人的负面评价居多，或许对于"情绪中人"在所难免，大家也都表示"理解"。但智者则会在这种念头初起之时，就察觉它、防范它，继之自省，而后自制。而真善人则可自发屏蔽困躁、摈除恶念，无不容、不让、不快的烦扰，自然能悠然处世，宽于待人。（戴毓欣）

是至理名言，却又司空见惯。是人性比较黯淡的一面，又像我们的影子，怎么也赶不走。唯有点亮智慧之灯，才有希望驱散身边的阴影。曾经问郎大夫："您是否生过气（因为我着实没见过，也未曾听比我年长的人说见到过）？"他说："有，但很少，极少，因为感觉生气的地方太少了，也从来没有什么被'冒犯''得罪'和非常不满的地方。"我又问："但现实中，如遇到愚蠢和蛮横之人，又当如何看待？"他说："琢磨，琢磨她或他的心理，想办法了解、理解或者原谅这种心理，以幽默和宽容来填补可能无谓的怨恨情绪。"他如此淡然地说，如

此自然地做,他自己没把这当回事,周围的人也都习惯了他身旁的那种和煦温暖。(李雷)

与李雷博士

31. 夸奖——说别人的好,背后说比当面说更好。从不说别人好的人,绝不意味着他比别人好,恰恰是他比别人差。

郎大夫常说,说人好话要在人后,说人坏话要在人前。这句话很简单,但仔细琢磨,很有意思。当面的夸奖、好话可能是真心夸赞,但也可能是临时应景儿的应酬之语,可能是出于善意的鼓励之词,还可能是有求于人的奉承话,甚至是心口不一的虚套话。此时的好话,背负了很多功能,被添加了很多含义。因此,当面的夸奖要当面感谢,事后却不可全都当真,不可太过当真。然而,背后的夸奖,没了上述的功能发挥的场地。所以,此时的好话只有两种含义:其一,我认为他好;其二,我想让你也知道他的好。夸人之人目的单纯,说的好话更显得诚恳珍贵。

当然,人前人后都从不夸别人,只夸奖自己的人,也是有的。这个想想也很有意思,即便觉得自己比旁的人都强,也并不妨碍欣赏和称赞他人呀。所以,归根结底,夸人与不夸人,如何夸奖人,最是能体现夸

人（或夸己）者的气度和胸怀、价值标准和言行方式。而那个被夸或不被夸的人如何，倒真不好妄加评断了。（王姝）

32. 傲慢——过分自我感觉良好。

自我感觉良好本身没有问题。但要只顾得自我感觉，并且觉得周围的世界都应在乎自己的感觉，全然忽略了他人，无视他人的感受、处境，就是有些过分了。旁人看起来，就会觉得你傲慢无礼。许多人此时会觉得无辜，因为"我不是故意如何如何"。但殊不知，某些方面实际上的忽略、无视、不顾，故不故意并不重要，重要的或许是对他人从没考虑过，从没想过要考虑。不恭之举，故意为之，是人品问题；无感为之，是人格问题。都是需要矫正的。（王姝）

33. 难处——困难的位置，困难的问题，困难的境况，最需要理解与帮助。可以不必褒奖与赞美人家的长处，也可以不必遮掩与袒护人家的短处，而应该关心人家的难处……

我们提到困难常常想到的是经济困难。但事实上，更多的时候、更多的人是身陷困难的处境、遇到难办的事、遇到难处的人。能体察到别人这种难处，实为难得。看前面两句，如此处世待人之理，不由得让人赞叹，让人心生敬意。诚恳、平实、坦率、正直，但又悲天悯人，菩萨心肠。让我想起前两天在一处看到对"侠义"二字的讨论。归结起来，"侠"即有维护公平维护正义之气，而"义"则是有助弱扶困、救人于危难之心。郎大夫外表是儒雅医生、书生，待人是谦谦君子，而他的文章、他的行事，却常有一种侠士之气，有一种大河般不露声息却激越有力之气……（王姝）

经历

34. 一场"风雨"过后……

那场风雨历经十年,那场风雨让那几代人都刻骨铭心。郎大夫写了这么多书,讲了这么多故事,却几乎从未提起那场风雨,从未提起他韶华岁月时正赶上的那段全民浩劫。他只在一篇名为《药房老孙》的小文中,提过这么一句:"一场'风雨'过后……"说得那么轻描淡写,那么一笔带过。此后,又从旁听说、看到许多协和医学大家在这段岁月里的故事,慢慢似乎明白一些,这淡然的背后是什么。

攻克"癌中之王——绒癌"的宋鸿钊院士,当时被作为学术权威一连站了几个小时被批斗,但批斗一结束宋大夫就立刻回到病房。当被学生问及被批斗些什么时,他笑笑说,光顾保持平衡来着,没听清讲什么。"文革"前,绒癌研究已纳入国家规划的肿瘤研究专题。"文革"开始后,宋大夫带领大家,在没有科研经费的情况下,坚持进行绒癌的临床和动物实验。但"文革"期间,研究被诬陷为"拿病人做实验",是"杀人罪行",实验动物也全被处死,许多本能被救治的病人因不治身亡。而此时,宋大夫最感谢的是病人,因为病人主动为临床试验写保证书,自愿配合药物试验。有的病人医治无效死亡,病人家属毫无怨言,而且捐出遗体供解剖研究,当时小组的尸检率竟达65%。大家也知道,如此坚持,才最终攻克了原本死亡率为90%以上的绒癌,使其成为第一个能被"治愈"的实体瘤。

而中国现代妇产科学的奠基人林巧稚大夫,被作为"资产阶级反动学术权威"发配到绒癌病房当护工,清洗便盆、倒痰盂。她已满头白发,默默地干这些粗活,像她看病一样认真。还悄悄给被停职停薪的细

菌学家谢少文一次次送钱，夹着她用英文写的便条："这不是钱，是友谊。"（摘自讴歌《协和医事》）

讴歌在《协和医事》中说，这些协和老一辈的医学大家，凭着在任何社会政治历史背景下都能保持不变的自省、专注和慈悲之心，身处乱世，泰然治病、治学。我想应该是这样的，他们用清晰平静的目光看纷乱的世界，他们用对医学的专注投入来屏蔽此外的荣辱是非，他们用与生俱来的普世善良与这个世界相处，爱周围的人，把自己奉献给他们。（王姝）

35. 偶然——所有的偶然都是必然线上的一个点。不要奢求偶然，不要怨艾偶然，看好、拉直自己的必然线。

记得在书里读到过两句话：一句是"我们都会吸引与我们具有相同特点的人或事"；另一句是"你是什么样子，你的世界就是什么样子"。真正的"偶然"其实很少，更多时候，似乎是几个"偶然"或是一个"偶然"后的一连串引发了"必然"。我们偶遇的、反复经历的，我们选择的、我们被选择的，是非对错、喜乐哀愁……都是我们内在的"必然"使然，它们就是我们自己。（张颖）

与张颖博士（左一）

36. 我觉得自己就像一块铁,注定要经历千锤百炼,直至死去。命运会把我们丢进熊熊的洪炉中,然后再提出来,在我们身上不断锤击,接着投入冰水中淬火,喷出哭泣的蒸汽;然后又是重新冶炼,又是翻来覆去地锤击,又是淬火,再又轻松地吐出一口气……要百炼成钢,总要如此历练,不要寻求安逸!

如今的我们生在一个没那么艰难、没那么多考验的年代里,我想这句话大概是经历过动荡的、无法安定的岁月的人们有感而发的。磨难是试金石,坎坷是淘沙的浪。那样的时代固然是一场灾难,大多数人禁受不住锤炼,即在熔炉里化为灰烬,在大浪中没入泥沙。但那些受得住淬炼的、耐得住锤击的、经得住冰与火的人,必然已百炼成钢,得道得气。(王姝)

处世

37. 人之立人、立世、立业有三个条件:才(能力、爱好、兴趣、灵性,多为天赋,一般学不来,不可学),知(技能、阅历、经验,通过实践可以学来,可以累积,可以增加),德(品格、操守、理念、信仰,要靠省悟、思辨来完成)。

这三者对于一个完整的人生、一个完美的世界和一份有成的功业来说,自然是缺一不可。但它总让我想起大学毕业时,代课的一位科主任(后来当过医院的院长)请我们全班同学吃饭,席间严肃地向大家提出一个问题:你们都很年轻(当时我们二十多岁),即将走出校门、进入社会和工作岗位,如果你们是一个科室、医院的领导,要选拔人才,大家认为最重要的是什么,是人品,还是能力?当时大家意见分歧很大。如今,已经毕业十多年了,再也没有人问过这样的问题,但它却会时不时在脑海里浮现,甚至答案也不总是一样的。我们的生活中很少能遭遇大善大恶,也极少需要自己判定大是大非，也就是一些日常琐碎的小取舍。例如，是该赞许他工作的出色结果而包容待人接物的不尽人意，还是因为她善良退让的本性而忽略她乏善可陈的成绩？我们是该包容自己性情的不完善，还是应该原谅自己能力的欠缺？德、才、知三者权重的天平时时来回摇摆。

有一天，颇善书法的郎大夫兴之所至，讲起自己习书法的心得：一幅字写得是否成功，布局最关键。布局好了，某一笔甚或某个字写得不够好，也能因为好的布局而有所弥补；但如果布局不好，那么每个字都写得很好，整幅字也难得好看；当然，每个字也是要练好的。

至此，德与才，孰重孰轻，如何关联，大家各有见解吧。（王姝）

38. 凡做人，凡行事，皆应守常与知变。守常者，乃常识、规则、良知；知变者，需权衡、变更、适应。无论守常与知变，都应以内心的良知和社会的运行为基本刻度。此为人生哲学与行为准则。

可能多数时间，难的不是知变，而是能守常。当然，知道何时变，如何变，如何做到变化但不走样，变更但不背弃，也不容易。（王姝）

39. 科学忌虚假，文化忌清谈，有幸致力于科学与文化者，不该自命为精神贵族而远离尘世。

弃绝虚假的科学和清谈的文化，都需要勇气、智慧和坚持。因为二者都有相当的诱惑力，也通常都靠大声吆喝而取胜一时。自古有读书人，为求"洁身自好"，或许是"独善其身"，也或许是"事不关己，高高挂起"。或许保全了一时乃至一生的清高清白之名，免于浊世玷污，免除了繁杂琐碎、世俗是非，但也逃避了社会公义，背弃了历史责任，或许最终只能落得"清高"之名，而未必能得"清白"之誉。（王姝）

40. 得与失——得到的,可能是包袱和枷锁;失去了,可能会轻松和愉快。得到的,可能是祸源和罪孽;失去了,可能会解脱和安逸。最辩证的认识是得中有失,得中有祸;失中有得,失中有福。最困难的对待是失去时不想得,得到时想到失。

人生在世,得失难免。古训有"塞翁失马,焉知非福"。除了辩证地认识得与失,积极地继续之后的生活和工作则更为重要。佛教讲,放下贪、嗔、痴。对已得,不贪;对所失,不嗔、不痴。(王姝)

41. 阴影:海伦·凯勒——只要我们面对太阳,阴影永远留在我们身后。

所谓阴影,也可能只是由于我们眼下站立的位置,所面对的朝向。与其在阴影下萎缩,或抱怨阳光未能普照,不如迈步转身,面朝阳光。(王姝)

42. 如果众多的人都表示完全一致的想法,那么肯定其中有人没有想法。

因此,应该尊重、保护那些不同的声音。就像伏尔泰曾说过的:"我不同意你的观点,但我会用生命捍卫你发表观点的权利。"他传达的是公平民主的理念,保护的是人类文明进步发展的源泉——每个人都拥有独立思考的能力,也理应享有大声说出他想法的权利,让人类的思想和智慧之花如同奇妙的自然界般多元、丰富和美妙。尽管这历来都是不容易的。(王姝)

43. 小人和大人——总想把别人弄成和自己一样小的人与总想把别人看成和自己一样大的人。

讲一个很多人听过的小故事吧。

一天,苏轼和高僧佛印在一起打坐。苏轼问:"你看看我像什么啊?"佛印说:"我看你像尊佛。"苏轼听后大笑,对佛印说:"你知道我看你坐在那儿像什么?就活像一摊牛粪。"苏轼将此事转述给妹妹。

岂料苏小妹冷笑一声说，参禅讲究的是见心见性，你心中有什么眼中就有什么。之后就不言自明了吧。（王姝）

44. 献媚者：总是有人喜欢，所以他们存在；总是有人厌恶，所以并非所有人都是。

不喜欢他人献媚别人的人不少，不喜欢他人献媚自己的人不多。（王姝）

45. 生活之累，30% 是为生存，70% 苦于攀比。

是啊，不该，但俗人大多难免于此！（邓姗）

多数感觉累、感觉不幸福的人并不是因为得不到幸福，而是想追求"比别人幸福"，因为"别人比自己幸福"而感到不自足。（李玲）

46. 见风使舵——正常的驾驶技术。但通常被当作贬义，因为多数人难以运用这一技术，如观风向、看潮流、掌握好舵、使用好人。

"见风使舵"一词通常会让人产生如是联想：曲意迎合、奉承献媚、左右逢源、立场不稳、摇摆不定……总之是与刚直不阿、耿直不折、傲骨铮铮等词相对。非黑即白、泾渭分明的划界思维通常会让人做如上反应和联想。事实上，恐怕是将两个层面的东西混同了。就如我们常说"品行"，但"品"是一层，"行"是另外一层。"见风使舵"若是航船技术、技巧，掌握熟练、运用得当，则不啻为助力成事的一大本领。"见风使舵"若是放弃航行目标，忘记来历、不论归处，浩海迷航的命运恐怕难免了。逆境中，迎难直面拼死一搏者令人唏嘘赞叹，但顾全大局懂得顺势为之者终得正果。前者赞其一腔热血的英气和甘于赴死的勇气，而后者则让人为其智慧周全的高明或隐忍耐心的坚持击节叫好。正像郎大夫所说，懂得观风、

掌得好舵、用得好人,能做如此"船长",不容易。(王姝)

47. 年轻人常常相信假的,老年人常常怀疑真的。

年轻者持有对世界的好奇之心,又兼具质疑求证精神,则堪为可贵。一如,年长者纵然饱经岁月磨砺、见证人事更迭,仍能持如水之心、享简洁之好,则亦为难得。(王姝)

48. 世间的很多麻烦是因为位置没有搞对。

在医学中,位置是指解剖,即解剖位置;没有搞对的话,后果很严重。如《论语·泰伯》中有:"不在其位,不谋其政。"人们在现实社会中应各司其职,没有搞对,也不会好过,会有麻烦。(李玲)

与李玲博士

老师的这句话,适用于很多场合。举个例子,我曾经开玩笑说,最难当的住院总医师是从某个病房的住院医生中"就地提拔"者。您想想,几天前几个级别相同的"难兄难弟"还一起收病人、上手术,忽然之间,一位兄弟姐妹"拔地而起",当了主管病人收治、病人分配、安排手术的"老总",忽然就开始指挥周围同事了。"小兵们"如果不调整心态，摆正位置，就会有些别扭。"老总"如果放不开面子，事必躬亲，就很狼狈和无序。所以，这个时候，把位置搞对了就很重要。"小兵"大夫们不能总是和"老总"顶撞，因为有时候"老总"会杀一做百。

当比我年资低的师弟师妹们因为进步比我快而走到我的前头时，我也自然摆正位置，支持工作，不惹麻烦。（谭先杰）

49. 我们生活在一个看似不用反抗，又要保持警觉的世界里，我们强烈需要一种保持内心温暖、平和与安全的方式。

需要保持警觉，是因为有太多力量有意无意地让我们失去警觉，或者期望我们失去警觉。警觉那些让人盲目屈从或趋同的力量，警觉那些让人盲目追求闪光诱人的力量，警觉那些让人盲目愤怒、反抗、反驳的力量，警觉那些让人盲目焦躁、无所适从的力量！警觉盲目，警觉那些诱使人盲目、软弱、懒于思考的力量。警觉自己心中的恶、障、魔，或许倒比考虑何时行善来得更重要。（王姝）

50. 德之不行，只是空训。

正所谓"言传身教"。几乎从未听到过郎大夫对学生、同事、年轻大夫说过你们应该如何、应该怎样之类的话。他用自己对待师长、同事、同行、后辈、学生的日常言行和真实态度，让学生晚辈们明白为人做事应有之德、应守之规、应行之举。学生谨记终生！（李玲）

51. 在这个喧闹、浮躁、功利的世界里，我们实在应该寻找一点安静、气定神闲，甚至孤寂……那时，我们也许会感悟一点东西，升华一点思想。

如今，我们很容易避开喧闹的空间，却避不开喧闹焦虑的时间。我们常常独坐，却遭受浮躁世界的搅扰。我们放弃周围客观环境的静谧，主动投身遥远或真实或虚幻的热闹。我们抱怨网络是黑洞，吸尽我们微薄的一切：时间，生命，情感，思想。我们失去由内而外的安静、气定神闲的从容、空灵纯粹的孤寂……我们归罪于网络，其实或许是那些氤氲在周围的欲望和膨胀无边的各种可能性。它带来坐立不安的焦灼，不能集中的关注力，忙碌的涣散，狂热的静止！（王姝）

52. 半——半聪明半糊涂，半愚钝半圣贤；半拼搏半自安，半江湖半神仙。岂不妙哉！

太聪明容易机关算尽，太糊涂则易人善被欺；太圣贤容易曲高和寡，太愚钝则浑浑噩噩；太拼搏容易得陇望蜀，太自安则懒散怠惰；太神仙则不食人间烟火，太江湖则庸俗市侩。我眼中的郎大夫，睿智机敏，洞察入微，待人谦和宽容、亲切有礼，做事从容不迫却干脆利落。水至清则无鱼，人至察则无徒。出世入世、大智大巧，又装得糊涂；人生有不断奋斗，也有沉思留白，这就是"半"的精神吧。（戴薇）

与戴薇博士

祖国

53. 我们的荣耀、梦想和力量都源于祖国。

林巧稚大夫在新中国成立初期代表新中国出访苏联、捷克斯洛伐克，并赴维也纳参加世界卫生会议。她激动地说："解放前，我搭乘邮船，一叶孤舟漂洋，不胜凄凉。而今，前面有五星红旗引路，后有八亿人民相依……"

"2015全球华人榜"颁奖典礼上，郎大夫的获奖感言是："感动、感谢！我是个医生，我们要永远保持对真理的追求和理解，对人们的善良和友爱，不断丰富改善人与社会健康的智慧。荣耀、梦想和力量都源于祖国！"（冷金花）

梦想

54. 我们常常把梦想遗忘，只是为了追逐这时代飞转的车轮。但我们务必看准方向，知道自己该往哪里去。

平日各种忙，很难静下心来感受体会。正所谓，心灵的灯，在寂静中光明，在热闹中熄灭。许多感悟，植于内心深处，在心灵的土壤上兀自闪光，一到笔端，却又变成了世俗的模样。也许，我们拥有的那些美好的梦想，只需关一下身边闪烁的霓虹灯，就能看见它，就在不远的地方。（冷金花）

"从前的日色变得慢；车，马，邮件都慢；一生只够爱一个人。"（木心《从前慢》）的确，当这个世界已经快得只能去缅怀过去的时候，是该停下脚步休息一下，看看风尘仆仆的自己是否还是当初想要成为的那个人。梦想不仅是"我要到哪里去"，更是低谷时的稻草、迷茫时的灯塔，通向梦想的路曲折漫长，可我们又常被乱花迷眼，看不清终点的方向，也找不到来时的路。但是，"如果你知道自己要去哪儿，全世界都会为你让路"。正如《华严经》中说的："不忘初心，方得始终。"（俞梅）

与俞梅博士

55. 多数情况下，我们生活在对未来的企望和遐想中，这种企望和遐想是可贵的，而实践和完成这种企望和遐想尤为难能可贵。

智慧

56. 泰戈尔：神期待人在智慧中重新获得童年。

这是一句非常耐人寻味的话。

人人都想永葆青春，对驻颜之法趋之若鹜。人们自古渴望返老还童，连牛顿也企图研制不老仙丹。都说想留住青春，我们究竟想留住青春的什么？是什么让我们如此眷恋？如果能留在少年或者重返童年，我们想用来做什么呢？毋庸置疑，人们爱慕青春柔嫩的肌肤、强健的体魄和旺盛的精力。人们渴望的更是青春纯净轻盈的心态和神气、新鲜好奇乐于探索未知世界的热情、无限可能来日方长的自在从容，以及不惧失败敢于从头再来的勇气和胆量。或许，这是神借青春之名，给予普世的平等馈赠。但人们只关注于修复光整的面庞、维持肌肉的线条，于是神说，人哪，在智慧中才能重获童年！

恐怕，泰戈尔的"神"，就是自然法则，就是通天智慧！（王姝）

57. 肉体受伤，会长出肉芽；思想受伤，会长出思想。

痛苦的人会想"我为什么痛苦"，而幸福的人很少思考"我为什么幸福"。哲学家痛苦，所以思考如何逃离痛苦；思想者不安，所以自我与外界碰撞产生火花。（邱琳）

58. 威廉·奥斯勒："知识是自家脑海塞进别人的想法，而智慧是在心灵深处聆听自己脚步的声音。"

我从老师推荐阅读的书籍《生活之道》中看到了这句话。我自己的理解是，即使你读了很多书，掌握很多知识，如果不加以消化吸收，没有一定的生活阅历和经历，不将外在的知识变为内在的东西，也收获有限。knowledge 和 wisdom 是有区别的。有些人看起来上通天文下知地理，但如果没有自己的想法，同样谈不上智慧。我在《北京青年报》发表的《一名医生对另一名医生的仰望》一文中，在分析老师的医学随笔文集《一个医生的故事》的读者群时，说品味郎大夫的故事，需要一定的知识储备和一定的人生阅历，甚至需要一定的智慧。（谭先杰）

59. 智慧可以有三个层次：知识层次——知识是智慧的基础或原料，但必须有自己的体悟、创造和升华；运用层次——实践出真知、生智慧，实践检验知识和智慧，智慧不会从书本中来；心灵层次——知识和经验的"心灵化"。智慧油然而生，表现为心领神会，上天入地，探迹索引，创造发明。

此处"智慧的三个层次"之说很是精妙！也是学习、实践、创造的三个阶段！但在生活工作中看得清、分得清、认得清却并非易事。首先是一般意义上的读书人或好学之人，他们乐于、善于、勤于获取知识，通常对知识有一种本能的渴望，如空气、水和阳光在生活中必不可少。获取知识的途径可能多种多样，课堂、书本、旅行、交谈、观察，当然还有各种视听媒体和网络。在如今信息爆炸的时代，越来越多的人有条件便捷地获取"知识"。然而，如此便捷获取知识的途径也有它的负面影响。很多东西不是人们主动孜孜以求的，而是偶然、被动地映入眼帘的，吸引人的注意力偏离了最初的搜寻方向。固然也可能会有意外的"收获"，但多数情况因为注意力分散、关注点频繁转移、所获信息浅表且未能调动大脑积极参与，其结果是，这些信息无法有效地整合入知识库，而仅仅以一种印象或者浅表记忆的形式存在。它们是否能成为"知识"，实践是检验真理的唯一途径，也就是郎大夫说的运用层次。知识不好区分优劣，人们只是在实践中对其进行判断、修正、补充，甚至彻底颠覆它。知识在实践中变成经验，生出体悟，引发思考。我们绝大多数人，都可通过个人努力到达这一层。在此，人们越来越靠近智慧，却并非人人都能抵达。智慧是对知识和实践的省察，是"聆听自己脚步的声音"（奥斯勒）。它也许现身为灵光闪耀的创造发明，也许是跃然纸上的醒世名篇，但更或许是悄无声息融入日常的一言一行。无迹可寻，却深入人心。正如西文中表达的，智慧产生了哲学，哲学就是爱智慧。（王姝）

60. 聪明：爱己，小聪明；害人，不聪明；爱人爱己，中聪明；舍己爱人，大聪明。

聪明无关品位、品性、品行，但智慧与之有关。（王姝）

情调与乐趣

61. 咖啡——浓黑的琼浆，弥漫优雅韵味；沉默的温柔，鼓动心灵飞翔。浪漫的情调，写意生命甘苦；神奇的回荡，淹没生活无常。

老师对咖啡情有独钟，赞美有加。但很长一段时间，我对这种舶来品的味道喜欢不起来。2005年，我到法国巴黎做博士后，"资本家"提供免费咖啡。而且，每天早上的咖啡时间，是研究所同事们聚在一起侃大山的时候。法国人爱聊天是出了名的，端着一杯小小的咖啡居然能聊上一个小时！为了"挖资本主义的墙脚"，我也加入了蹭咖啡队伍中。当然，另一个原因是为了融入当地的生活。

我很快就习惯了这种带有苦涩味道的饮料。只是发现，喝得多、喝得晚的话，晚上入睡困难。好在法国的葡萄酒很便宜，睡前喝上两杯，就中和了咖啡的作用。回国以后，就再也离不开咖啡了。

我终究没有修炼得像老师那样对咖啡情意绵绵，只是利用了咖啡的提神作用而已，品位差别立现。（谭先杰）

62. 医学是我的职业，哲学是我的训练，文学是我的爱好，铃铛是我的收藏。

这是郎大夫对自己的总结。通常提到职业和爱好，想到的是上班做什么，下班做什么。大多数人也的确将时间如是分配给职业和爱好，职业负责谋生，爱好用于愉悦。当然，职业就是爱好的人们除外，比如画家、作家、演奏家等。能将职业、爱好、训练相互融合，相得益彰并乐在其中的人，则为极少数，在医生行业中尤为如此，而郎大夫堪称其中的楷模。医生职业由于学习周期长、课程繁重、专业性强，执业过程本身又耗费较多体力和脑力，并承受较重的心理压力，所以很多医生疲于应对日常和工作需要的继续学习，难以保持或发展医学以外的个人爱好。记得曾经有一年美国医师学会会长的开年讲演中提到，希望医生们能够发展工作以外的个人爱好，作为生活减压和调剂的重要手段，也能为提高退休后的生活质量做些准备，可见中外的情况类似。

郎大夫从中学开始就广泛阅读大量文学、哲学作品，并时常有作品发表，及至大学更是诗社的骨干成员，曾经一度还是中国作家协会会员、科普作家协会的副会长。之后由于科室、医院工作繁忙，不再参加社会组织的活动，但持续有科普和文学作品出炉，著作颇丰且广受好评。2002年一个偶然的机会，我借阅一位师长的《妇科手术笔记》（第一卷），那时还是医学生的我对其中的专业内容和手术讲述并非都能明白，但开篇的《外科医生的哲学理念和人文修养》一文深深吸引了我。文中讲到"一个外科医生的智慧与技能的发掘，以及处理问题的本领和艺术，还需要正确的哲学理念和良好的人文修养""完美的手术，技巧只占25%，其余75%是决策""一个外科医生的基本人文修养将落实到如何看待病人、如何看待自己，以及如何看待和处理医生与病人的关系。外科医生所展现的绝不仅仅是技术的高超，还有人格魅力，即他的品格、修养和作风""外科医生在手术台上，有如舰长在操纵舰艇，他的镇定自若、机敏灵活、睿智幽默，都会使手术进入艺术之佳境""做一个德艺双馨、文武兼备的外科医生"……整篇文章文字平实自然，用词优美练达，讲的是哲学理念，但全无刻板生硬，说的是医学专业，但毫不枯燥生涩。

要提一下，我们当时的医学学校教育里，几乎没有医学人文的内容，有些许关联的课程是《医学伦理学》《医学社会学》，此外就是全国高等学校统一教材《大学语文》。在这样的知识背景下，郎大夫的这篇文章带给我的震撼可想而知。最重要的是，他文字中流露出的对医学的深厚热爱，对人文的深刻理解，以及对病人、对医生这个职业的深沉情感，无不让一个青年医学生热血沸腾。当时不知有何途径可以买到这本书，又需要很快归还，就去找一位已经工作的高中好友，利用其"公家"复印机，连夜复印了一本。时隔多年，我有幸成为郎大夫的博士，获赠了一套签名版的《妇科手术笔记》（第一、第二卷）。此后，不时还会再读这篇文章。不同的年龄、不同的行医阅历，读来会有不同的体会，不禁感慨其常读常新的魅力。郎大夫的文字的确有这样的力量和生命力。可以说，他用自己的文学功底和哲学思想，开拓了我国医学人文的疆域。更像他这篇文章中所说的："当我们有了丰厚的哲学与人文底蕴的时候，我们便会有一种升华的感觉。"他的文字和思想给了行医者这种感觉，或者说指明了这条升华之路。

关于这本书，看过的人一定会对每篇文章开头的"题记"印象深刻。比如第16篇《意外发现的术式——卵巢楔形切除》："知机真神乎，会趣明道矣——题记 （菜根谭）"；第26篇《经阴道子宫粘膜下肌瘤去除术》："看画家作画，点点拨拨，像是随意涂抹；看工人盖房，垒砖抹缝，似乎简单粗糙。画成、楼立，却是浓淡相宜、美轮美奂的艺术品。"每次看到这些，还有下文中更多郎大夫关于疾病特点、治病之法、手术之巧的"艺术联想"和"诗意描绘"（见本书第三部分"病与治的诗意联想"），都不禁感慨，一位大夫这么琢磨病和治病，难怪他终日乐此不疲，始终兴味盎然呢！（王姝）

63. 铃儿响叮当，男儿走四方。耳聪亦目明，平安又吉祥。

这是老师在《如何开始收集铃铛》一文结尾写下的诗句，让我们感受到老师热爱生活、享受生活、收藏生活的一面，有时甚至童心未泯。

老师说他30年前开始收集铃铛，起因是感动于一幅唯美温馨的田园画面。那年夏天，他在挪威奥斯陆某处的院子外，无意间看见女主人招呼在院子里忙碌的老伴用晚餐，因不忍高喊打扰，而是用清亮柔和的铃声召唤！从此，他开始收集铃铛。他收集的铃铛达数千枚之多，都分门别类做了标记，每一枚都有一段历史、一则故事、一段风土人情和生活经历。

有趣的是，师母华教授对郎老师的集铃，也从不甚在意到积极支持，之后也帮着寻觅与收集了，偶尔还会替老师"把把关"。2012年我们和老师一起到温哥华参加国际妇科肿瘤学会双年会，会后去逛海边的工艺品市场，已经花费一百多加元淘到了数个铃铛的老师在一个吊钟下面徘徊良久，反复敲击，恋恋不舍，甚至用探讨"是钟还是铃"的方式来和师母套近乎，最后还是被师母果断拉走！离开时老师喃喃地说："过了这个村，可就没有这个店咯。"后来我偷偷问了问店主，才知道这个挂钟果然是宝贝，5000加元（折合人民币约3万元）！看来，老师和师母都很有眼光！（谭先杰）

书写

64. 书写——寻觅字的灵性和含蓄，探究词的意境和展拓，体味文的敬意和喜悦。书写是与自己相处的最真实的感验和仪式。

书写于我而言，是记忆的重要步骤。任何事情不转化为字面的文字，恐怕很难有深刻印象。（邓姗）

老师的书法很有功力，是妇产科学界当之无愧的第一支笔。除了个人秉性外，与他们那一代人更为重视书写有关。老师的很多文章都是用小毛笔所写，很多都是繁体字。

我大学时看港台小说较多，所以认老师的繁体字基本没有问题。一师妹帮老师打印手稿，对几处繁体字辨认不出。她问我："这两个字认识吗？"我答："认识！"她接着问："怎么念？"我答："认识！"她急了："您别就说认识认识，到底怎么念啊？"于是我说："这两个字，就是繁体的'认识'。"呵呵，您认识吗？

比较欣慰的是我的字一直被周围的同事认为不错，至少有了自己的风格。写字的确能让人心情平静。

我没有真正练习过毛笔字，完全来源于练钢笔字，于是间架结构尚可，章法笔锋全无。老师说我写的毛笔字收笔过于草率，缺少笔锋。他还曾写了几个字让我临摹，然后一个字一个字评点，让我很是感动。

2008年我用小毛笔抄写过《三国演义》，不幸只坚持了两个月就半途而废。我曾开玩笑说，这辈子，老师拼不过我的，大概只有拿大顶。我唯一能追上老师一星半点儿的，也许就是写字。

好吧，动力有了，何时动手呢？（谭先杰）

65. 思索是快乐的，写作是痛苦的，完成是舒畅的。

老师的这句话应该是所有作者（家）们都感同身受的，也是我写作医学科普《子宫情事》的心路历程。

写有些章节时，我边笑边敲字。后来修改时，字斟句酌，变换人称，很是痛苦。交稿的那一刻，一身轻松！（谭先杰）

名声

66. 名声——对于一个人的说法和评级,像声响一样的传播和回音。通常不一定公允、真切,在很大程度上,介质(现今叫传媒)起重要作用。它可以扩大,可以扭曲,可以失真,可以变调。人自己很难控制,当然也可以炒作。因此,不必太介意它。不过,也不可小视它。

这段话我深有感触。因为敢于为医生直言,我的微博曾经比较火。尽管我自己认为我还是有底线的,但我的一些言语还是引起同事或朋友的议论。我曾经一度四处解释,但效果似乎并不好。所幸一位好友告诉我,不必太介意,"你不必解释,把自己当个屁,别人就不会在意了"。

尽管如此,我还是不敢小觑。我继续在微博上说话,但我坚守底线:不博眼球、遵守规矩、维护协和。一次居然得到了国家卫计委有关负责人的正面肯定。

后看到北京协和医院麻醉科主任黄宇光教授在北京协和医学院2015级新生开学典礼上的发言,与老师的讲述颇为相符:当别人都不把你当回事儿的时候,你一定要把自己当回事儿;当你春风得意、粉丝如云,别人都把你当回事儿的时候,千万别把自己当回事儿!(谭先杰)

奉献

67. 把忠诚的心掏出来给亲爱者,把鲜活的肾割下来给尿毒症患者,把赤热的血抽出来给休克者,把完整的骨架剔出来给医学院和美术学院的研究者,把其余的一切都化成灰烬撒向天空、陆地、江河、海洋——回归于生命的缔造者。如果需要,我们都是可以做到的。

痛楚、苦难与不幸

68. 痛楚——疼痛只是肉体的感觉,痛苦就有了味道,而痛楚则到达了心灵深处。

恐怕没有哪一个职业能像医生一样眼见、耳闻、亲历如此多的疼痛、痛苦甚至痛楚了吧。

有些疾病引起疼痛,并非所有疾病都疼痛,疼痛只是疾病的表现之一。它是主管痛觉的神经末梢受到刺激向大脑传输的一种信号,是警示人受到伤害的信号,它让人避险,重视它也可能救命。如果疼痛失灵,抑或某种疾病能够避过疼痛报警系统而恣意发展,常常一朝发现却为时已晚。

但所有疾病发展到一定程度必定致人痛苦,不仅仅是身体上的疼痛,有疾病对生活极大干扰导致的苦闷,有无药可医的绝望心情……受患者性格、家庭社会关系、社会经济状况、以往的经历,以及即刻的情绪等多种复杂因素的影响。医者眼里的"小病"或许在患者甚至其家庭成员中引发极度的痛苦,例如肿瘤大夫之于不孕患者,前者眼中除生命以外皆小事儿,而后者则可能正经历生育困难带来的一系列压力而极端痛苦。相反的情况不多,但也有。癌症晚期的女孩最关心的依然是男友是否前来探望,因为一束鲜花,也会暂时忘记眼前病痛的折磨,消解那可以望见生命尽头的哀伤。

病房里,那女孩已过中年的父母站在一旁,曾见过他们在病房楼梯拐角里绝望哭泣,曾见过他们在女儿面前强打精神维持疲惫的笑容,曾见过他们带着快要崩溃的神情不断地向医生、护士报告情况、询问病情……他们看着花样年纪的女儿来日可数,但对死亡仍旧懵懵懂懂……他们除了内心的痛楚,还有什么方式能更好地表达此时的心情?

当我们终于忙完一天的工作,在晚上八九点钟的路灯下走在回家的路上,紧张的心情放松下来,疲乏向身体袭来,但白天在忙碌中几乎麻醉和休克的那部分却苏醒过来。脑海里重放着白天病房的那一幕幕画面。对于有些痛,我们万般努力或许抵不上一束鲜花——男孩送给女孩的玫瑰,女儿送给父母的康乃馨……我想说什么呢,最终医学无计可施的时候,或许只有爱能减轻痛苦、消解痛楚,彼时,医学或许应该退场……(王姝)

69. 疼痛是必要的,常态的。正像溪流遇到阻碍,卷起漩涡而过。若对疼痛没有反应,则同样无法生活。

疼痛是生物进化过程中必不可少的保护机制,让生物警觉伤害,产生记忆,远离危险。另有痛阈之说,即指引起疼痛的最低刺激量。痛阈高的人,常常是人们眼中的铮铮铁骨、英雄好汉,但却很可能一朝之间折戟沉沙。痛阈低的人,常常是所谓的胆小鬼、娇气包、药罐子,但民间也有"小病不断,大病不犯"之说。不过又有人问,这么病恹恹的长命百岁真的好吗?如此情况,似乎也不限于真正意义上的痛和病,而是有点普遍规律的意思。看来,痛也得恰到好处为宜!(李艳)

与李艳博士

70. 苦难——人生的淬火，使人变得刚强，此乃必要的、有益的生命条件。

《孟子》："天将降大任于斯人也，必先苦其心志，劳其筋骨，饿其体肤，空乏其身，行拂乱其所为，所以动心忍性，增益其所不能。"（李玲）

这是我每每念及的自勉之语。既适用于决定论的人生看法，也适用于随机论的条件。真正到了苦难之际，也只有这一点能够支撑自己忍受煎熬。这是飓风之眼，是分娩宫缩的间歇。（李雷）

71. 痛苦是"智"，是"智慧"——哲学的观点；痛苦是"回报"——法律的观点；痛苦是"救赎"——宗教的观点；痛苦是不幸和伤病的预告——医学的观点。

72. 正是痛苦与不幸，才能够使我们感觉事物和生活。为了消灭痛苦，让我们先痛苦吧！

73. 要正确地对待痛苦与不幸。舒适与幸福具有"否定"的性质；而痛苦与不幸则具有"肯定"的性质。快乐总是远远低于我们的期望，而痛苦则永远出乎我们的意料（包括健康与疾病）。我们总是要适当地劳心与劳力（包括承载痛苦与不幸），正像船只要装上一定的压舱物，才能平稳驶航。

当失败来临时，如果只有沮丧、不快，没有抱歉之心；在失败阴影过后，如果只有长吁短叹和怨天尤人，没有回望和反思，那么痛苦大概在所难免了。正确地对待痛苦与不幸，常常需要经历过痛苦与不幸，品

尝过那苦涩的滋味，并在其中磨炼出乐观通达的胸怀、坚强忍耐的韧性，以及化腐朽为神奇、于苦难中发现欢乐的智慧。（戴毓欣）

74. 不幸，只是一种沮丧的感受，未必真有实际的倒霉。

在此斗胆向老师进言，似乎应该加上"有时"。因为，有的不幸是现实存在的，并不能完全以心情的沮丧来解释。

当然，如果修炼的境界高，把人生当成一段修行历程，幸福和不幸都是必然过程，则另当别论。（谭先杰）

75. 我把心灵愿意体验的所有感觉，称之为快乐；我把心灵不愿意体验的所有感觉，称之为痛苦。

病人康复的过程，医生也经历了痛苦的历程。诊疗决策、方案选择的压力，不确定的压力，风险的压力，还有病人无限期许的压力。但在他（她）病愈如初的时候，医生就有快乐可以回味、享受、升华，有幸福的成就感。（王宏）

与王宏博士

死亡与诞生

76. 死亡——死亡隶属生命，正如诞生一样。所以泰戈尔说："举足是走路，落足也是走路。"所以古希腊哲学家伊壁鸠鲁说："死，不是死者的不幸，而是生者的不幸。"如若大家都想得开，则生者与死者皆无不幸也。

纪伯伦也说："生与死一体相连，就像河与海。"

"死亡不就是赤裸裸地在风中伫立、在阳光下融化吗？屏住呼吸不就是让呼吸从无休止的潮汐中释放出来，以便升腾、扩展而且无所牵绊地去找寻上帝吗？"

"只有当你们痛饮静谧之水，你们才会真正歌唱。当你们抵达山巅，你们才会真正开始攀岩。当大地要占有你们的肢体，你们才会真正跳舞。"

也如泰戈尔所说："生如夏花之绚烂，死如秋叶之静美。"如夏花般绚烂过后，悄无声息，缓步轻声，以秋叶飘落的静谧，融入大地的泥土里。

生与死，是永恒的哲学命题。我们的周围，死亡的话题不是讨论得太多，而是讨论得太少。对死亡的认识越深刻，对生命的理解才越透彻，面对生命尽头的时候才更宽容、更从容、更雍容……（王姝）

77. 生命，或者诞生，或者生长，是宗教的、神秘的、神化的，却也是科学的、生物的；死亡，也是宗教的、神秘的、神化的，却也是科学的、生物的。人本身就是自然中的一物，大概终归要回归天地，抵抗这种力量终是徒然。

医生和牧师，都是离生死最近的职业。医生比牧师离得更近些，但我们国家,只有医生,没有牧师。死亡是一个最永恒的人生问题,哲学问题。死亡逼近,无论病人及其家人有无宗教信仰,都希望得到些许智慧的安抚、慰藉和指引。理想的医者应该有些哲学家的思考,以此来面对时常迎面而来的死亡,并帮助那些困于死亡之谜而陷入困顿、恐惧、愤怒以及过度悲伤的逝者的亲人们。这要求行医者具有相当的人文素养和哲学修炼,如能修成,乃为大医、上医也。(王姝)

78. 作为妇产科大夫,我喜欢蒙古英雄嘎达梅林的话:"只要草原上还有女人和孩子,草原就有希望。"这句话有些悲怆和儿女情长。当然,没有男人也不行。

妇产科是个特别的科室,在这里,医生既能透视病痛、死亡,更能迎接新生,所以妇产科医生往往有着独特的生死观。正如郎大夫说的:"妇产科是唯一一个既面对死亡,又迎接新生的科室。生与死的交替中,我们常常感慨良多,百感交集。每每听到新生儿的第一声啼哭,整个产科都为之心动——新生、新声,希望之声!"(李春艳)

与李春艳博士

79. 我们可能生人几次,但只能被生一次。

所以,正如郎大夫所说:"我们要始终保持敬畏之心。"敬畏生命,生命属于每一个人,仅此一次,弥足珍贵;敬畏患者,他们把珍贵的生命交给了我们。(李玲)

二 做事

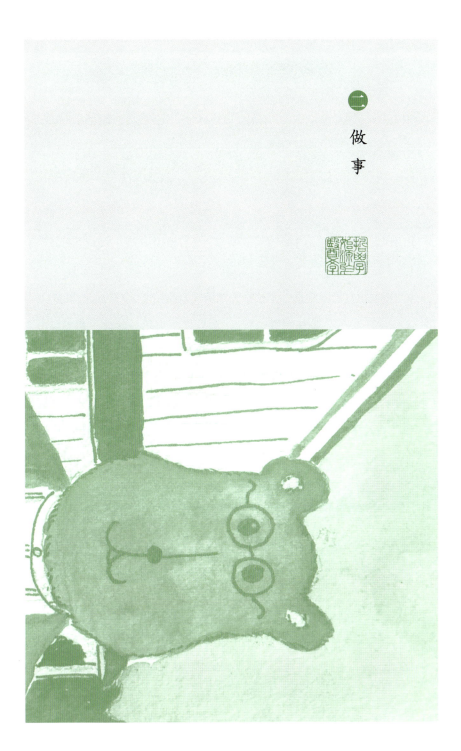

知识与学习

80. 不要把自己限定在一个狭窄的领域内,我们要学习的东西很多。

这句话让我不禁想起一句古语:"医非博不能通,非通不能精,非精不能专,必精而专,始能由博而约。"作为医者,仅有本专业的知识是远远不够的。人,是世界上最复杂的生物,每个个体都独一无二。虽然现代医疗将疾病细分为许多不同的专业、领域,但是在临床诊疗工作中,要将病人作为一个整体考虑,这就要求医者"博"而"通","通"而"精",这样才能更好地医治疾病,治愈染疾之人。(狄文)

与狄文博士

工业及后工业时代，人们在社会中的职业分工越来越精细。各个行业的飞速发展和信息膨胀，似乎越来越"职业化"的社会角色被无限细化和深化，令人们几乎无暇旁顾。"专家"们越来越多，越来越多的人也正在努力成为或已成为"年轻专家"。从事"专"的领域越来越狭窄，步入"专"的年纪越来越提前。然而，正如郎大夫喜爱引用的培根那段话："阅读使人充实，交谈使人敏捷，写作与笔记使人精确，文鉴使人明智，诗歌使人巧慧……数学使人精细，博物使人深沉，伦理使人庄重，逻辑与修辞使人善辩。"丰厚的哲学和人文底蕴不仅会扩展个人的世界观和人生的维度，更能升华人们的职业修养和处世修行。了解其他自然和社会科学不仅能延伸个人的知识范围，更能在不经意中获得突然闪现的灵感和触类旁通的领悟。（王姝）

我们在做学生或低年医生的时候，常常觉得费尽辛苦学到的很多知识都没有用，花费精力、体力去做的很多工作都太简单、太琐碎，自己没有存在感，没有成就感。但是若干年后会发现，我们学到的一切都是有用的，包括一些看似毫无关联的知识，却在某个关键的时刻发挥作用。有些知识潜藏在我们日常的工作中、生活里，看似在做同样的事情，这些"冰山下的部分"才真正决定谁做得更漂亮、更轻松。当然，更重要的是，知识会潜移默化地融入你的性格、脾气中，最终熔炼成一种与人相处、与世相处的人生智慧。（张颖）

81. 也许，我们学得很多，只是实践不够；也许，我们所经历的实践也不少，只是思索得不够；也许，我们不是记得少，而是忘得多……

这是郎大夫为《协和妇产科临床备忘录》题写的"标语"（标志性语言），每次再版都有常看常新之感。学习与实践、实践与思考的真谛都在记忆与忘却中轮回。所谓年轻医生的实践并非只是照本宣科、唯命是从,如果懈怠于思考,通常只会原地踏步,难有进步。而忘却是永恒的定律,只能依靠反复记忆来对抗。看、听、写、说、做,都能帮助记忆;深入的理解,更是长久不忘的关键。(邓姗)

与邓姗博士

82. 毛泽东:感觉的东西,我们不一定能理解它;只有理解的东西,我们才能深刻地感觉它。

正如古代禅宗大师青原行思提出参禅的三重境界:"参禅之初,见山是山,见水是水;禅有悟时,见山不是山,见水不是水;禅中彻悟,见山还是山,见水还是水。"我们感觉事物的维度,是随着对它理解的加深而增进的,也包括对人的理解。

例如医病时,听患者诉说各种不适,查体探究各种身体征象、姿势、神态,但如果仅仅完成了收集信息,而并未由此产生疾病诊断的联想和进一步求证的思维活动,自然只能浮于表面,也容易出现古人说的"头痛医头,脚痛医脚"的现象。如果以丰富的专业知识和实践经验为背景,对各种表象进行整合分析,则能形成关于病症的总体印象,进而可能发现他人忽略的重要线索。在外行或初入行者的眼里，这是一种令人啧啧称赞的"直觉"。事实上，应该是一种可以习得的"敏感性、敏锐度"，理解得越透彻，神经末梢就越敏锐，能感觉它的细枝末节，能察觉它的蛛丝马迹。（王姝）

83. 营养的价值在于消化力。

俗话说，"饭吃七分饱"。可以理解为，饮食要营养有度而不要过度；给消化能力留有余地，不宜满荷，更不宜超载。学习、生活、工作、情感、人际，也理应如此，需有余地，有留白。能被消化的营养是营养，不能被消化的恐怕是负担。如同美食之于动力不足的胃肠，血液之于不堪负荷的心脏。有趣的是，我们通常致力于攫取、占有、吞咽更多"营养"，而不大考虑我们实际上具有怎样的消化力，也很少考虑如何培养良好的、适宜的"消化力"。这是一个耐人寻味的话题。（李蕴薇）

与李蕴薇博士

做事

84. 有志学习的人必须将勤奋与计划性、系统性、目的性相结合，否则望书生畏，将一无所得。

威廉·萨默塞特·毛姆曾在他的《毛姆读书随笔》中写过一个故事："东方有个年轻国王，登基后一心想把他的王国治理好，就把国内的贤士都召来，命令他们去收集全世界的智识慧言，编成册供他阅读，这样他就能成为世上最英明的君王。贤士们遵命而去。过了30年，他们牵着一群骆驼回来了，骆驼背上载着5000册书。他们对国王说，这里收录了天下贤士所知道的全部智识慧言。但是，国王正忙于国事，没时间读这么多书，就命令贤士们回去对这些智识慧言加以精选。过了15年，贤士们回来了，这回他们的骆驼背上只有500册书。他们禀告国王，从这500册书里就可得知天下全部智慧。但是500册还是太多，因此国王命令他们回去再做精选。又过了十年，贤士们又回来了。这回他们带来的书不过50册而已。然而，国王却老了，他疲惫不堪，连读50册书的精力也没有。于是他命令贤士们再一次精选，要在一本书里为他提供人类智慧的精华，让他最后能学到他最迫切需要的东西。贤士们奉命而去。又过了五年，他们又回来了。这回他们自己也都成了老年人。他们把一本包含着人类智慧精华的书送到国王手里。然而，这时候的国王已经奄奄一息，就连这一本书也来不及读了。"这个故事很有意思，毛姆从中感慨"没有一本一劳永逸的书"。的确是书海无边呀，遨游其中固然美妙，但解渴还需取一瓢饮，否则会迷途于选择困难的泥沼，陷入消化不良的困境。

医学生做科学研究的初期，也容易坠入文献信息的汪洋大海。庞杂的信息扑面而来，每一个细节又可以无限派生和深入。如果铺开来看，如饥似渴地大量阅读，当然有利于扩展思路，形成对某个学科发展水平的总体印象。但之后则需要从信息知识海洋中抽身出来，找到一个较小的、具体的议题,撷选对立题、路线设计和方案制定相关的、有帮助的材料,并初步形成自己对这个问题的看法、猜想和推测,然后选用适合的方法去印证或反证它。当然,在这个过程中可能还需要补充与完善相关信息,但这时的"寻找"通常是有迹可循的,因此也就容易做到有的放矢了。科学研究尤其需要有计划、有目的、系统性地获取信息、累积知识,而所知"泛泛"显然是不行的。

看书和所有的学习,最终会成为每个人自身的一部分,形成个人的性格、人格,建立一种在人的意识范围内指导他或在无意识中左右他言行的哲学观点,总之决定他是怎样的人。于是,我们读书也要有选择,对其中的言论思想也要有甄别,以免沦为书籍的奴隶。书籍知识最终价值不在其本身,而在于它们所记录、表述和展现的人、人类和这个世界。(王姝)

85. 经验＝理论知识＋经历实践＋分析思考,但还应该加上两个字:记忆。

郎大夫的记忆力在熟人圈内堪称"著名",对于文字、数字,所读的书与日常接触的事物,只要看过,都能够记住。他常常能一口道出几十年来发表或审定文章中的统计数据(自己的、学生的、同事的、同行的),发表的刊物、年份,甚至卷、期、页都能一一道出。平素对各种妇产科专业相关数据,比如发病率、死亡率、生存率,分期、分类、分级,各种比率、百分数,检测指标正常值、定义、范围等等,也包括几十年前看过的病人的名字、哪里人、什么病、用的什么方案,和哪个大夫或护士一起合作,甚至当初来陪诊陪住院的是女儿还是儿媳等等,均能不假思索地说出。有时被问起,怎么能记得这么多?郎大夫总是狡黠又有点得意地笑说:"也没专门记,也不想去记,可怎么就记住了呢!"

他还曾提出,举行一场比赛,对上述问题进行抢答。大家都心有戚戚,所以一致表决:"郎大夫只能当评委,不可参赛!"(王姝)

86. 知识的篮子:平时多采撷,过后再思量。

欣赏老师的这句话。有些知识,有些信息,接触时并不知道到底有没有用,或者看似没有用处,但说不定什么时候就能用上。

其实这一条,何止是在知识上。在人际交往上,也是如此。多个朋友多条路,如果每件事,每个人都从是否有用的势利眼光来处理,就太累了。

具体点说,我喜欢摄影,我认为只要聚焦是对的,照片就不是废的。某些看似无聊的照片,取个恰当的名字后,亮点就有了。(谭先杰)

"知识的篮子"不仅是一个比喻,更确有其物。

去郎大夫的办公室谈完事后,他常常拿出一本新买的书,津津乐道其书名的别致,比如《私想者》;或是赞其独特的视角,比如《丑的历史》;或是书中提到他感兴趣的人或事,比如《最伟大的医生》,等等。如果时间充裕,郎大夫会兴味盎然地翻至某一页,给你念上一段,并啧啧称赞:"怎么样,说得多好呀。"他更有记读书笔记的习惯,有很多软抄,摘录书中词句,并附上点评和感悟。有一次,郎大夫从堆积的各式软抄中找到一个纸已泛黄、类似于"工作手册"大小的小本子,说这是他中学时的读书笔记,一边翻看一边念着里面的记录,乐不可支。我见扉页上,青涩的笔迹写着"知识的篮子"。关于这"知识的篮子",郎大夫在《一个医生的故事》里写过一个小故事。但见到这"篮子"真实的稚嫩模样,着实让人感动。几十年来,他从一个求知若渴、以书为伴的青葱少年,到今日众人仰慕的大医、大家,非但求知好学的热情丝毫不

减,率真通透的性情也一如从前。(王姝)

提问与质疑

87. 问题是科学的发动机。善于提出问题,无论是给自己,抑或给别人,都是科学技术发展的动力。有问题才能有发现,才能有创新。就怕没有问题。讲完课,征询问题,鸦雀无声,会令人难过。什么问题都可以:没听明白,深究其源,甚至争辩和反对,都是好问题。

88. 没有愚蠢的问题,只有愚蠢的回答。

回答或许有刻板、高明之分,而问题则不应有聪明和愚蠢之分。对于提问,很多人恐怕所提问题不甚高明,不够深刻;也或许真有回答者会鲁莽地斥人问题愚蠢,提问者就更加对"提问"噤若寒蝉。自此,提问者的好奇之心、质疑之心、独到的声音、特别的见解,就不会再表达,甚至久而久之,不再产生了。很多时候,学生对一个问题、一个专业的兴趣,很可能是始源于老师一句赞许的鼓励、一番认真的作答、一种激励的期许。而作答的人,又何尝不是从或朴实或精彩的提问、质疑、辩论中,获得灵感、开拓思路、引发省察。因此,人与人之间,只要开诚布公、知无不言,那么问答就无所谓高下,是人与人知识的交流、智慧的砥砺;而提问,则正是叩响了沟通的大门。让我们提问吧!(狄文)

89. 我们不缺乏讲演者、解释者,我们缺乏提问者、质疑者。

我对老师的这句话做非常规领悟。我曾经在给下级医生讲课时说,如果一场讲演后听众没有提问,通常有四种情况:一是讲得太透彻,听众没有问题；二是讲得太艰深，听众无法提问；三是讲得太无聊，听众懒得提问；四是讲者拖堂了，听众没时间问。

通常第一种情况很少，再好再透彻的讲演也会有问题点，第二种和第三种情况倒是比较多。由此看来，缺乏提问者和质疑者，多半还是讲者的问题。

博士答辩之前，我曾经很怵讲演，一上台就紧张，只能看着幻灯片讲。博士研究生论文答辩是很好的训练和锻炼。博士论文第一次预答辩时，老师曾经难过得低下了头。后来，老师一张幻灯片一张幻灯片改，第二次预答辩后，老师比较满意，正式答辩时请了当时国家自然科学基金委员会生命科学部主任来旁听。再后来，我对讲演更是没有障碍了，每次讲演都能根据听众的特点进行准备，几乎都能达到预期效果。

当然，老师说缺乏提问者和质疑者也许是从我们教育体制上来说的。我们的教育体制注重灌输，注重接受，而不注重质疑和批判。于是，我们的学生可以在各个领域获奖，成绩很好，但却缺乏创新精神。

为了一场成功的讲演，为了学术交流、未来学科发展，讲者和听众都需要努力。（谭先杰）

90. 质疑有乐趣，质疑有苦恼。

没有广泛涉猎、博览群书与拷问，充其量也只是为质疑而质疑的质疑者而已。质疑，不可能只是强求质疑者要有学识、胆识与勇气，宽容质疑的土壤更是重中之重，这一点本毋庸置疑，却总是被有意或无意地忽视。现代社会，由于纯粹的医学问题，祸从口出，因言废人，毕竟不多，但源于质疑而结下梁子，却偶有耳闻。

小学、中学与大学，中规中矩、不敢越雷池半步的教育，也许与质疑精神的培养背道而驰。然而，知识爆炸年代，各种资讯的获取随外科手术一半是技术一半是艺术只有技术没有艺术手术难以尽善尽美只有艺术没有技术手术又不能完成而统帅技术和艺术的是哲学没有哲学手术便失去方向没了灵气

时随地唾手可得，不再是某些人的专利与特权，在这种背景下，质疑精神尤为可贵。因此，当有机会独立思考时，不妨从蹒跚学步开始，学会质疑，不论什么事，当然，也就不只限于医学了。或许，还有可能碍于温良恭俭让的古训，话到嘴边却总是张不了口，那不妨就在自己的脑海里，不时玩玩打了双引号的"口是心非、阳奉阴违"的质疑游戏吧。

质疑需要氛围，更需要被质疑者包容的胸怀与肚量。正如老师所言，从质疑中找到乐趣，同时，坦然面对质疑与被质疑的痛苦。（李志刚）

与李志刚博士

质疑，是独立思考的产物，是一种人格，一种习惯。无论是科学领域还是社会范畴，质疑永远是推动进步的力量，是打磨、是制衡、是矫正的力量。于个人，质疑是发现问题、搜集证据、提出观点、佐证循证的过程，人在其中感受大脑快速运转的兴奋和理性思维的乐趣。与此同时，质疑一定伴随矛盾、阻力、碰撞；难免受人质疑的压力，发现自己错误的挫败，以及破旧无新的虚无。甚至，在某些社会历史环境下，会事业成败、生活好坏，都是经历，都是文化。都值得反思，都值得珍爱。

王蒙书
二〇一三年春

使个人遭受磨难甚至带来灾难。于社会，对质疑的包容程度体现了它民主文明的水平，也一定与其科学文化进步的程度正向相关。质疑精神塑造一个人的独立人格，也构架一个民族、一个社会的骨骼。（王含必）

读书

91. 叩门不迎客，举手可得书。

乃有斗室，无匾无名，清风拂面，叩门不迎，来客有缘，铃铛自鸣，举手得书，翰墨晨星。可以友善士、识智者、会贤明，看剑著书弄丹青，诗酒咖啡品香茗。是曰：方寸自有乾坤，笑看四时雨睛。

予尝立于其间，闻吾师郎公之教诲，医儒相通，慧眼妙笔，玉树临风，冰壶映水，纵谈中外，洞彻古今。时予幼，涉世尚浅，未识人间疾苦，已感医者如履薄冰。予今躬行伊始，却将悬壶他乡。吾师之道，虽有惑而不解，当常伴左右，谨记终身。（季瑜婷）

与王含必博士

与季瑜婷博士

郎大夫办公室的门，总是伴随着一阵清脆的铃声打开。举目所见，皆为书。在这里，大家一起煮着咖啡，探讨着临床病历，间或听一首小诗，抢着分享小零食……总之，这里，其乐无穷，回味无穷。（周慧梅）

这段话是老师办公室里的条幅之一。老师的办公室很小，四周都是书，看似排列无序，但实际上很有规律，想找什么书，举手就可以搞定。

作为学生，我十分欣赏老师举手可得书的"习惯"。每次夫人帮我收拾书桌，简直就是一场浩劫——看起来整齐了，但什么都找不到！于是，我有一个梦想，将来有钱买面积稍大的房子后，我要辟出一间书房，除了我，任何人不得进入半步，以我的属相命名为"狗窝"。

而叩门不迎客，是因为老师的办公室外面就是走廊，又毗邻病房，人来人往，总有人来叩门求见，甚至问路！于是老师有时不堪其扰，对于只叩门者，充耳不闻，假装不在，只有熟悉的人报上名号后，方能得以"请进"。

我曾两次班门弄斧和老师探讨，说应改成"举手可得书，闻声方迎客"，但均以"未遂"告终。

老师说，学生应该对老师提出质疑。于是我大胆质疑，至于能否结果，并不重要。（谭先杰）

92. 每次从书店出来的感觉都是很奇特的：头总是低垂的，脑子不只是被充满了，抑或是被洗空了，一片空白；脚步总是沉重的，是对知识爱的吸力，抑或是心灵新载装的重负？似乎有很多要去思索，去消化。

郎大夫的一大休闲娱乐即是逛书店，最常去最爱去的是位于协和医院西北方向、中国美术馆对面的老字号——三联韬奋书店。他通常是独自骑自行车或坐公交车前往。这是他一个月里难得几次的放松时间，每次都买回十几本新书。他偏好杂文，也喜欢中外艺术典籍、评论、经典大家的散文、名句、诗歌常能过目不忘，背诵无遗。恰如郎大夫所说，阅读典籍，是与遥远时空里大师的对话，在其中体会跨越时空、思维交汇碰撞的兴奋与热切，也在充满智慧的思想和睿智闪光的文字前感觉自己的渺小和匮乏——我们欣喜自得于想要表达的东西，蓦然发现几百年前他们就说过了；我们辛辛苦苦编纂排布的词句，发现他们寥寥数语，却能更准确、更精妙。对知识，是臣服的爱。浸入其中，既被它清洗，也被它充满；既要吞咽，也要消化。（王姝）

93. 读点杂书或"没用"的书，也许会给医生疲惫的头脑和枯燥的生活带来清醒和灵性，会让医生享受科学、哲学与艺术交融的激越、美妙，获得相互砥砺的智慧升华。

比较欣慰，我一直践行老师的这条教诲。医学书籍，甚至包括医学史，都是很艰深枯燥的。而医学的不确定性和局限性，也会让医生感到无奈和消沉。因此，我也喜欢读一些杂书和"没用"的书，以此来调节情绪和平静心灵。

我最喜欢的小说是《平凡的世界》，因为它接近我的生活历程，让我不忘初心；我喜欢反复看的电影是《肖申克的救赎》，因为它会让我在困难中看到希望，不至于沉沦。（谭先杰）

94. 从经典论述中，不仅可以学习知识，更重要的是可以领悟先哲们的思想。我们会为获得这些知识和思想而欢呼雀跃，是为阅读快乐；也会在其中比照，那些自以为得意的想法和成绩，早已被大师们阐述得非常清楚了，我们不过是浅尝辄止而已，是为阅读恐惧。

阅读的美妙还在于，好的文章，在不同的年龄段，不同的生活历练、环境际遇中，读来的感受是不同的，我们在阅读作者的作品，也在阅读自己的内心感受和思想体悟。阅读的魅力在于我们从书本中发掘自己、丰富自己、省察自己、审视自己，然后通过自己的眼睛来看这个世界！

还是如奥斯勒的话："若你爱书，生命不致空虚，你将不致在夜里叹息，不致为白日忧烦——也不致觉得自己无趣或别人无益。"多么深刻，多么简洁而耐人回味！（王姝）

当主任

95. 科主任至少要做到三点：协调管理、解决问题和承担责任。

直至今日，一提到卵巢癌肿瘤细胞减灭术，我眼前总是浮现那幅景象：一位长者举着一把大黑帆布伞，穿着拖鞋，裤腿挽到膝盖上方，在漆黑下着"白毛大雨"的夜晚，艰难地顶着狂风、蹚着很深的积水赶往医院……

确切地说那是凌晨3点左右，那时室外瓢泼暴雨，狂风四起，如此恶劣天气的黑夜里，我不免有些惊恐。终于赶到医院的手术室，这里却因好几个急诊手术而灯火通明。其中一位卵巢囊肿扭转的中年妇女急诊手术，冰冻病理为卵巢癌。非妇科恶性肿瘤专业的我只好请示主任——郎景和大夫。尽管心里一边忐忑一边不忍，但病人躺在手术台上，就狠狠心拨出了电话。响了两声，电话线里就传来他熟悉而带有倦意的声音，我心里的一块石头顿时落地啦……

听完快速而简单的病情汇报后，郎大夫说，我马上到。

半夜，大暴雨的深夜啊！心里觉得非常不落忍，可是病人躺在手术台上……

不一会儿，几乎全身湿透的郎大夫，迅速换好手术服，精神抖擞地上了手术台，全神贯注地带着我们开始手术，其间还不时风趣优雅地跟大家聊天，天光微亮时，这台完美、标准、满意的肿瘤细胞减灭术（肿瘤完全切净）顺利完成了。

此后，每逢"一场风雨"，都让我思绪万千……

这就是郎大夫，这就是他作为科主任的担当。(金力)

与金力博士

对于我这个妇产科主任来说，这可谓是金玉良言。这三点的确应是科主任最基本的自我要求，但做到、做好，也实非易事。科主任是一个科室的"大家长"，大事需做决定、负责任，小事有时也得拿主意。端平、端稳这一碗水需要技巧、智慧和修养。关系协调好了，通常问题也就解决了。(狄文)

一不小心忝居科主任一职已近八年。也正是因为这一不小心，才有机会与老师有了些许沾边的切身体验。

我混迹于大型医疗机构，学的是西方医学，周遭林林总总的硬件也完全可以与发达国家叫板，当然，硬件的核心技术，不管是否愿意承认，你我心知肚明；即使是一把不起眼的、薄薄的手术刀片，诸君也都对舶来品心服口服吧。所谓非中非洋、中西方结合的管理模式，却掌控着一群脑子里几乎全部塞满了西方医学知识的医生，如此反差，总是令人唏嘘。面对残酷的现状，不能不让人佩服老师"和稀泥、无为而治"的管理观念。我天资愚钝，不敢望先生的项背。

斗胆"质疑"一下，老师心目中憧憬的理想的医院与科室管理又应该是什么样子的呢？（李志刚）

96. 出于公心，开诚布公。

出于公心不仅需要一颗为公之心，还要能耐得住质疑、误解和批评，耐得住人在疲惫时避世逍遥的清净对人的诱惑，也耐得住人群中光芒闪烁的亢奋对人心的搅扰。需要不以为公之名谋私利，也需要不以独善之名逃避责任。

开诚布公也一样，需要诚恳，需要那股保持端正的勇气，更需要一以贯之的忍耐，还有能够表达诚恳的智慧。（冯碧波）

与冯碧波博士

97. 一个团队，一个单位，应该有个信条，有个规矩，有个梦想。

协和的院训是"严谨、求精、勤奋、奉献"，我所理解的妇产科这个团队的信条是"感恩、包容、公正、务实"。（邓姗）

98. 团队建设要讲究人学，讲究精神。对长者，要尊重，要搀扶；对后生，要爱护，要提携；对同龄，要团结，要牵手。这样，才能形成坚强的方队。

如此方队，如能成形，定能成事。需要有规矩，有能力，有情怀，有胸襟。每一条做到都不容易。（山丹）

与山丹博士

99. 学科形成和成长的三要素是：研究方向——看准方向，瞄准目标，持之以恒，这是根本；学术领队——把握方向，组织梯队，这是关键；软硬备件——管理是软件，设备是硬件，这是保障。

100. 临床科学研究的战略意义是：提高医疗水平的核心，保证教学质量的关键，学科梯队建设的基础，人才成就的途径。

带学生

101. 牛津大学和剑桥大学似乎把学生当成了生物，让生物成长。而别的大学似乎把学生当成了矿物，让矿物定型。我以为，学生不应是生物，更不是矿物，而是人，应该让他们有思想！

作为郎大夫的学生，我清楚地记得我大学毕业分配来协和医院工作第一天的情景。那是1999年的夏天，郎大夫是妇产科主任。虽然我已经在协和实习了一年，对医院比较熟悉，但作为刚刚参加工作的大学毕业生，入院培训和熟悉科里工作是必不可少的。郎大夫把我们四个同一年来妇产科的大夫叫到一起座谈。与其他入院培训不同的是，郎大夫的讲话没有说教，更像是朋友聊天。关于如何学习临床知识、注重总结经验、查阅文献等，也关于诚实做人、尊重同事、尊敬师长。这是老师对我们如何做一名协和妇产科住院医生所寄予的期望和恳切的叮嘱。这次谈话虽然过去了很多年，但我始终印象深刻。随着年纪的增长和工作

与刘海元博士

做事　73

生活阅历的增加，越来越体会到，郎大夫作为老师，也作为科主任，总是在看似不经意间用言行让我们感悟行医和做人方面最朴实的道理。他从不刻板说教，不照本宣科，他更愿意让学生自由生长，而在我们的心灵深处给予丰厚的滋养。（刘海元）

102. 医学生、研究生只是在"壳"内吸收营养、长大，必须"脱壳"蜕变，才能成熟、飞翔。这是一个无法超越的过程，无论如何聪明都难以速成。

医生的成长是一个漫长的过程。我第一次有"医生"的概念是高考那年，当时医学院的录取分数高、学费贵以及学制长可谓占全了各大院系的"三高"（与时下医学院录取分数垫底还无人报考的局面形成怎样的反差啊）。

入学典礼上，集体朗诵希波克拉底誓言，不朽的誓词和庄重的仪式感，让我们首次感知医学的神圣与使命。之后面对各种专业课程，从生理基础到病理变化，从基础医学到临床医学，从实验操作到临床实践，这些仅是对行医生涯的辛苦与压力的浅尝。当其他理工科的同学在完成三年的学校学习，踌躇满志地投入实习与规划未来时，我们仍在医学院里一边啃着大部头的医书，一边憧憬着真正穿上白大褂时的荣耀。当年的同学们已经走出校门走入社会时，我们开始忙碌于医院与大学之间，一边新鲜又茫然地跟着带教老师开始见习、实习生活，之后还有设计专业课题、进行科学研究、撰写研究论文，完成硕士、博士的学习、临床工作和科学研究。及至毕业了，工作了，也还需要不停学习、更新专业知识，继续临床科研。

医学是一门不断发展的学科，医学实践永远跟随在其他自然科学之后，显得落后，显得不够用。许多医生也更像是一辈子都待在大学象牙塔里的学子们，即使投入全部尚感力不从心，无暇旁顾！较之其他行业，医生像是生长缓慢的寒带植物，着急不得，超速不得，跨越不得！（仝佳丽）

与仝佳丽博士

做学生

103. 教我们的人，永远在我们心里，从咿呀学语，到大学讲堂；教我们的人，永远叮嘱着我们，从考前辅导，到毕业留言；教我们的人，永远是我们的底色，从青出于蓝，到青胜于蓝；教我们的人，永远是力量的源泉，从托扶的双手，到坚实的双肩；教我们的人，永远是闪烁的明星，从扑朔迷茫，到豁然开朗；教我们的人，永远不能相忘，从江河如逝，到日月经天……

这是郎大夫在2015年教师节前夕写的一首诗。

医学（我们学的主要是西方医学）的沿袭和传播最初是靠师徒传承，之后有了医学院，成为经院形式的教学，而后在18世纪末19世纪初，临床教学成为医学学习的主要方式。无论我们从课本上、课堂上、网络上学到多少理论知识，无论多么强调大数据、大样本的循证，医学的实践性和个体性决定了它永远是一门经验科学。我们所有的知识习得都需要在一例一例病患诊治的过程中，转化为医者的经验，从自己的经验中佐证或反证既有的理论和前人的经验。外科操作和手术技能更是无法仅通过理论学习获得，必须有实际的演练，才能从中得法、得道，极有悟性者甚而竟能"得气"。

医学的特点决定了师傅带徒弟是古今中外临床教学的不二法则。临床医学的团队分级工作模式决定了每一个医生在行医之初，都是在"上级"或"高年"医生的带领和指导下完成。每一个医生的成长，都无一例外地受教于人。几乎每个人都会念念不忘那些不吝赐教的师长、身怀绝技的偶像、德行高尚的前辈，也有与自己并肩成长的战友、教学相长的晚辈，更有那些用生命、健康和信任让我们成长、成熟的病人和家属们。为医者，永远不可能像数学或计算机神童一样自学成才，也不可能像艺术大师一样独领风骚；为医者，永远带着前任的底色，并传递给后来者；为医者，在鲜活的血肉和真实的悲欢中成长，然后将自己的生命投入到另一段健康与生命中去。（王姝）

哲学

104．哲学是我们对自然或者社会的观念和理解，是思维对存在、精神对物质这些根本问题的思辨，是自然科学和社会科学的"统领"。甚至可以简化为："哲学是对思想的思想。"无论有意识或无意识、自觉或不自觉，总是在信奉或实行某种哲学。

105．有人说，哲学是一种乡愁。真深奥，真有趣！于是，便是哲学。
唐代诗人崔颢在《登黄鹤楼》中写道："日暮乡关何处是，烟波江上使人愁。"乡愁是对故土、家国的思念,更是存在于内心的挣扎与眷恋。如果将其上升到哲学的高度,那就是对人类精神家园的不懈追求。

18世纪德国浪漫派诗人诺瓦利斯说:"哲学就是怀着一种乡愁的冲动到处去寻找家园。"诗人以一种永不安分、永不满足的宿命般的漂泊言说人类对命运的思考和对精神归宿的追索。也许,哲学就是寻找回家的路。我们很难真正了解故乡,却也很难真正认识自己,乡愁不老,追求不止。(俞梅)

科研与兴趣

106. 学术研究常常是从兴趣开始的,最后形成了自己的一个责任,是科学家的责任,或是社会的责任,然后形成了一种执着追求的精神。

科研的选题往往是个人的兴趣使然,可能来自某个临床病例的灵感,也可能是翻阅文献后的感悟。研究的过程往往是艰辛的,有时停滞不前,有时事与愿违。多数的研究结果不尽如人意。只有少数成功并且

与陈娟博士

坚持下来的人，能成为该领域的大家，支撑起学科发展的重任。所以做科研是要智商和情商并重的，不怕困难，百折不挠是最基本的科研素质，需要培养和磨炼。久而久之，责任和精神就成为一种习惯。也许科研没有那么高不可攀，我们成不了科学家，就把它当成兴趣吧，千万不要让繁重的日常工作淹没了我们的灵思妙想。（陈娟）

107. 在议论面前，要冷静；在等待的日子，要有耐心；在实验的岁月，要耐得住寂寞；在喜庆的时刻，要耐得住喧闹。

这是郎大夫在回顾了诸多诺贝尔生理学或医学奖得主的科研经历之后得出的感慨。如何耐得住低潮落寞，又如何耐得住喧闹庆贺。唯有兴趣，唯有真心喜欢，才能做到全心投入、无暇旁顾吧。（赵学英）

与赵学英博士

好的外科医生相信
他所看见的;
差的外科医生看见
他所相信的。

外科箴言

二〇〇六年春 吴孟超

科学的方法

108. 做科研，要有三个 I，一个是学科交叉（Interdisciplinary），一个是整合（Integration），一个是创新（Innovation）。

科研无边界，做研究的根本方法，各个学科领域都通用。例如，在医学研究上，目前的专业划分越来越细，某个分支学科、某种疾病，甚至某种疾病的某个问题从纵深的维度探索，都难以穷尽，深入器官、细胞、分子、分子上的基因……但有时跳出自己深入的专业，如把人作为一个整体来看，很多学科又都能有交叉、融合，比如肿瘤的发展与人的精神活动有关联，女性体内的激素变化与口腔黏膜的疾病发生有关联，有了交集就能整合，相互整合就能产生创新的火花。郎大夫总结的这"三个 I"是科研道路的指向标，需根据这些基本法则，领悟出自己独特的见解，实现自己独有的创见和发现。（狄文）

我斗胆想提醒老师，应该是四个 I。还有一个 I，那就是兴趣（Interest），因为老师在随后的文章中写道："学术研究常常是从兴趣开始的，最后形成了自己的一个责任，是科学家的责任，或是社会的责任，然后形成了一种执着追求的精神。"老师曾经举过一个例子："非典"时期，中国工程院院士、呼吸病学家钟南山接受采访时，记者问他为什么"非典"流行时冲在前头，钟院士的回答不是什么诸如国难当头等振聋发聩之词，而是说"因为我对 SARS 感兴趣，就想把它搞清楚"。

的确，兴趣才是科研的动力，否则会成为一种为生活所迫的负担，或成为一种追名逐利的手段。我希望有一天，我也会对某个问题产生强烈兴趣，夜以继日，废寝忘食。（谭先杰）

109. 有时，要把问题复杂化，以探寻其细微；有时，要把问题简单化，以提挈其纲领。

110. 贝尔纳：生命科学就像一座富丽堂皇、灯火通明的殿堂，然而想要到达这座殿堂，却必须要穿过那长长的可怕的厨房。是的，人们也许更愿意欣赏华丽之宫、美妙之肴，而不关注厨房。或许又太关注厨房了。

111. 创新从思索开始，也许只是一种设想，甚至猜想，进而成为目标，去完成结果。

112. 科研可能没有路，或者只是荒芜小路；可能还没有目标，或者只是自己去设定。

113. 科研选题要务求实际。（一切从实际出发！）包括主观条件（理论水平、研究能力），客观条件（资金、设备、患者数量、协作对象），以及视角和视点（可以是焦点、冷点、难点问题）。

114. 科研选题至关重要，选题是方向，是价值，是成败。

115. 一个研究所花费的时间大致是：查阅文献，检索资料，占51%；设计思路，勾画蓝图，占8%；实验研究，实施计划，占32%；总结分析，撰写论著，占9%。要用60%的时间花在选题和设计上！切不可仓促上马。

116. 科学研究——可以做什么？指南规范——应该怎样做？临床实践——能够怎样做？研讨交流——如何做得好？

117.临床研究需要远见卓识和睿智的临床思维,即缜审周密的科研设计,完整翔实的材料积累,严格不辍的随访观察,持之以恒的工作作风,热切关爱的负责精神。

郎大夫把临床研究的几个重要方面总结得很是精辟。课题设计、病例材料收集、随访观察、统计结果、总结规律,这些是论文的重要组成部分,是科研的筋骨。而贯穿其中的工作作风、工作制度和科研精神,则是支持完成科研的气血。成功完成一个临床研究已非易事,更为可贵的是系统、深入、持续地研究下去。这需要一个甚至多个团队、一代甚至几代人的不懈努力,当然最重要的是要长久保持对科学研究的热情和兴趣。(陈娟)

科学与哲学

118.科学探索未知,哲学从事思辨。

或许,医学是科学的严谨求真、哲学的人文关怀、艺术的灵感创新在日积月累的沉淀中达到的一种完美结合。至少,我们期望医学能是这个样子。(艾星子·艾里)

与艾星子·艾里博士

119. 差异——没有差异，就没有发展；没有差异，就只有凋亡。

大多时候，我们求同。如部队列队前进要求步调一致，队伍才能最高效地朝向一个方向前进，并以最快的速度全体到达。各行各业制定统一的行业规范规定，选拔人才各级考试采用相同的试题和评分标准……所有这些求同是为了有秩序、有标准，意在可比较、能鉴别。

与此同时，求异也很重要。唯有差异，才有多样性。差异并不等同于优劣、高下，而是不同，是多样性，是丰富，是宽度、深度和广度。也可以这样说，在人为设定的统一或同一标准下，似乎是有高分、低分，能分出孰优孰劣。但如果同样的人，同样的答案，考题变了呢？评分标准变了呢？自然又是不同的排序状况。因此可以说，相同是主观的、暂时的；而差异是客观的、永恒的。一件事、一项工作、一个任务，除了统一的评判之外，若能发现差异之处，往往是创新之源，是难题的突破点，是另辟之蹊径，由此峰回路转、柳暗花明。对于人，更是如此。"人无完人""人不是一个模子刻出来的"；"完人"未必一定好，"不是一个模子"倒是非常好呢。（王姝）

120. 尼尔斯·玻尔（1922年诺贝尔物理学奖获得者）：真理的反面是另一个真理。

真正的科学家一定是对辩证法有深刻体会，并将其理念贯穿于科学研究实践的始终，即便是那些固执已见者、巧言善辩者，甚至誓死捍卫者，也一定在某时某刻，思忖、钻研过那个反面的"真理"，甚至比公开执反面意见的人的见解更为深刻，研究更有成就。（王姝）

121. 美国哲学家罗蒂：真，实际上只是那个历史和阶段人们的共识（或认可），并不一定是事物的绝对真理。

拜伦：真理不是权威的女儿，而是时间的女儿。

我们学习历史，站在现在回望过去。以史为鉴，从业已固定的时空中，省察事物永恒的变化，感知自己在这无穷无限变化之中的渺小和飘忽。我们学习哲学，养成质疑的习惯，训练辩证的头脑，也感悟变化中蕴含着的普世规律。

权威以其保持权威的时间而增加其权威性，时间是筛选、检验真理的试金石。（张雪芳）

与张雪芳博士

122. 珍视自然的每一种状态，是尊重科学，是客观地看待科学。科学不是万能的。认识无限，而我们认知的程度和探索的范围总是十分有限的。

123. 技术是要人来认识和掌握的。无论技术如何先进、如何完美、如何高超，如果对其理解有限、认识偏颇、掌握不当，依然不能体现其先进、完美和高超,甚至滑向其反面。

作为科研人员,一方面要坚定自己内心的科学信念,培养自己求真、实证、进取、献身、包容、理性怀疑的科学精神。另一方面,要采取积极行动,防止科学技术产生坏的影响、结果,担当应有的社会公益责任。然而,知易行难。(朱信信)

与朱信信博士

124. 科学与"非科学""反科学"在哲学意义上是平等的。"反科学"是一种态度,不一定是错误或罪过。

在科研活动过程中,永远要把受试者的权益放在第一位,无论我们多想知道答案,多想获得真理,多么严谨客观,多么以"科学精神"为荣。因为,我们面对的是人。(王姝)

科学、自然与宗教

**125. 道——自然之途,天作地成,规律也。但多数人总想另辟蹊径,与天地作对,与自然相悖,与自己为敌。如争权夺利,残害杀戮,尔虞我诈。然违道者必自食其恶果，试想，当最后一个细胞凋亡之时，无论生前如何伟大与渺小，都无碍于日月经天、斗转星移、江河不息、万物再生。

126. 有人问爱因斯坦，您是物理学家，却相信上帝，岂不矛盾！爱氏巧妙回答："上帝指明方向，我来完成细节。"科学与宗教完全相悖吗？也不尽言。又是爱氏称："科学没有宗教犹如瘸子，而宗教没有科学则是瞎子。"这是迄今我认为最完美的科学宗教"调和论"！

老师引用这段话的目的似乎是为了说明科学与宗教并不相悖。我斗胆引申，科学其实也可以是一门宗教——"科学教"，追求科学的教派。目前科学教一般比较鄙视其他宗教，总以为自己很科学、很了不起，以为比其他宗教对未知世界的认知更多。但是，直到有一天，当我看到了一篇关于地球在宇宙中的地位的文章，地球由大到小，由小到微，变成宇宙中的尘埃后，才明白目前的"科学教"掌握的知识，相对于浩瀚的宇宙，微不足道！

到底有没有上帝呢？上帝才知道。（谭先杰）

127. "神"不是神秘的，不是迷信，神不过是变化无穷、难以测知的规律。

可能没有"神"，"神"就是那些具有更高智力、智慧的人，践行更多善行、善举的人，舍己为人、舍生取义的人。他们从人类无知的黑暗中找寻科学的踪迹，他们在蛮荒之地点燃艺术的烛光，他们在集体的混沌中建立秩序，他们忍耐人类无边的苦难，从中采撷道、德、信、义的种子。

或许真有"神"，他将自己投射在他们身上。他潜行于荒漠市集，他不能出手"惩恶扬善""保佑多福"，他氤氲在各个角落，他用一种"变化无穷、难以测知"的"场力"调节人类世界的温度和亮度。（王姝）

科学与艺术

128. 科学与艺术：科学，理性的追求；艺术，感情的渴望。高尔基说："我之所以具有这种本性，应该感谢人类灵魂的圣经：科学，理智的诗；艺术，感情的诗。"

129. 艺术爱好、欣赏与科学、技术的结合，不应是可有可无的，而应该是一种必备的修养和品格。

这个问题，神经学家一定能做出更加"生物学"的解释。大脑的奇妙之处在于，你无法知道（至少目前科学还没有破解）存储进去的原始信息会经过怎样的整合、加工、处理，成为何种信息产出，它们怎样关联，如何整合，最终形成无比斑斓的头脑风暴！艺术和科学，在神经元、神经突触、神经纤维之间经过了怎样的交联、反应、释放，如此会激发出怎样闪光的灵感呢？（王姝）

130. 当科学与艺术两者达到至臻至善的境界时，便是交融之顶点。所谓科学的顶峰是艺术，艺术的顶峰是科学。

科学之美无形，艺术之美无言，大美息声！（王姝）

科学的历练

131. "科学家是人民的无价之宝，磨砺瑕疵就更加珍贵。"

遥望历史，古罗马最伟大的医学作家和最早的医学史家塞尔萨斯在公元之初即认为："诚挚地承认自己所犯的过错，对于一个有大智慧的人是当然的。"承认错误、暴露缺陷，是医学发展过程的重要环节。有承认、有暴露，才能昭告众人、警示来者，此路不通或有风险，进而分析缘由、究其根本，最终设法规避危险、解决问题。但事实上，自我暴露不易，坦然承认更难。因此，无论是医学氛围，还是社会环境，与其树立从不犯错的"神医"形象，还不如培养正直、客观、勇于承认缺陷、正视局限和失误的医学从业者。这与规范医疗行为和保护患者利益非但不相矛盾，而且是必不可少的保障与基础。（王姝）

科学的局限

132. 实际上，只有哲学、文学体系可以超越，思想者的思想可以天马行空、驰骋荒野，甚至是无限制的、无终极的。而科学、理性、认知都是有限制的、有终极的。于是，我们总是在相对的认知中，感到自我的无知和缺陷。

成与败，对与错

133. 没有失误也可能会失败，没有失误并不意味着成功。没有错误就等于完美无缺？

134. 能力是对压力的反弹，也符合胡克定律。
胡克定律是英国科学家罗伯特·胡克（Robert Hooke）于1678年在力学领域提出的一条基本定律，表述为固体材料受力之后，材料中的应力与应变（单位变形量）之间呈线性关系。通俗理解为受力越大，反弹力越大，比如橡皮筋或弹簧，大家都能理解。

老师博学且善思，总能从自然、科学领域的某些现象悟出人文、哲学的意义。这种领悟能力非久经岁月磨炼所不能成，得气非一朝一夕之功。人生几十年，生活、工作中多少会碰到沟沟坎坎，在困难面前我们有时会低估自己，经历之后再回顾审视，会发现自己的精神、思想、能力或许已跃升至一个前所未及的高度。正如老话所说，变压力为动力。一位笑星说得更妙："人生就像高压锅。压力太大的时候自己就熟了。"

作为医生，从实习医生开始，需经过怎样的打磨历练方能成长为独当一面的高年资大夫，非专业人士不能体会，这是个漫长的千锤百炼、"浴血奋战"的过程，其中的血泪有医生的，也有病人的。我第一次单独值急诊班时就碰到宫外孕失血性休克的患者，那时的紧张、惶恐直到现在还清晰记得，经过自己和上级医师的努力，成功抢救患者后的那份欣喜和成就感也铭刻在心。直到后来经历了无数次的宫外孕休克抢救，现在已经能做到沉着冷静地指导下级医师妥善处理了。

行医路漫漫，学医无止境，面对患者，医生储备的知识永远有欠缺。疾病总是充满变数和未知，永远无法说出患者极想听到的那句话："我肯定能治好你的病。"但正是这种追逐答案、破解谜题的压力，驱动医生不断学习，不断钻研，所以会说："我一定会好好治你的病。"（阳艳军）

与阳艳军博士

做事

135. 努力提高工作、知识、领导能力，只能让你接近目标；而态度、品格能让你达到目标；唯"自然的爱"能让你超越巅峰。

上述恐怕就是人才、人杰、人神的差别吧。赘述下来即是，人才具备知识能力，人杰就更有了德行，而若用"自然的爱"驾驭这一切，就是人中神圣了。（王姝）

136. 在贼亮贼亮的光明中与漆黑漆黑的黑暗中，都同样看不清东西。

看到"贼亮贼亮"四个字，不禁莞尔，想起故事里的趣事一则。将画缸扣在车座上，坐在车座后的货架上，双脚或踏蹬车轮或踩地磨蹭，悠然前行的"老汉"形象呼之欲出。三年门诊下来，看到郎老师用顽童般的心态成功缓解无数患者的紧张焦虑情绪，体会到大道至简与医路艰深几近完美的融合，感受到严谨又不过分较真的氛围。既没有贼亮的光明，也没有漆黑的黑暗。在这样的环境中学习，何其幸运。

光明与黑暗，过犹不及，正如行医过程中，无规矩不成方圆，随心所欲隐患无穷。但面对千人千面的患者，过分强调规范化而忽略每个病患的个性，也是行不通的。而在规范化与个体化之间如何决策，恐怕是

与郑婷萍博士

需穷尽我等一生来钻研的课题吧。(郑婷萍)

如同在高速公路上行车，对面耀眼的远光灯与前面漆黑一片同样危险。暗夜里，柔和的灯光，指引方向，也让人温暖。(商晓)

与商晓博士

137. 进步——人生恐怕不是在完美中进步，而是在缺憾中进步。多数不是享受进步的喜悦，而是经历落后的折磨……

138. 过错可能是一时的，后悔一时；错过可能是终生的，后悔终生。就看错在哪儿，错到什么份儿上……

聪明与愚钝

139. 激情可以使人聪明，也可以使人愚蠢。常常是，激情使愚蠢的人变得聪明，使聪明的人变得愚蠢。

当然，更可以让愚蠢的人变得更愚蠢，让聪明的人变得更聪明。不过，能在激情下变得聪明的愚蠢之人未必真愚蠢，而可能是"大智者"；反之，在激情下变得愚蠢的聪明人也未必真聪明，而只是"小聪明"罢了。（王姝）

140．英国作家萨克雷说："如果你从没做过傻事，那么你大概不会成为智者。"

人都是会犯错误的，医生也一样。我记得第一年做住院医生时在门诊做巴氏腺脓肿手术的情景。病人脓肿很大，张力很高。我做完常规的消毒准备后，不假思索就一刀切开脓肿，张力很大的脓液自切口奔涌而出，溅出的脓液带着恶臭扑面而来。本能的躲避已经来不及了，脓液沾满了口罩和眼镜（还好戴着眼镜）。看着已面目全非的我，护士一边笑，一边帮我擦去眼角的脓液，更换口罩。我没有停止工作，忍着恶臭，扩大切口，冲洗脓腔，然后再止血和放置引流。这只是我临床工作中做过的诸多傻事中的一件，而且不是最傻的一件。实践获得经验，从教训中收获的东西更多。（刘海元）

141．聪明的将军、机智的医生要善于总结经验，接受教训，避开陷阱，开创坦途。

学术与学问

142．学术——弄不好的话，在实验室里是学术，在讲坛上是骗术，在社会上是权术。于是学子成了骗子，成了混子。

如若科学不真了，艺术不美了，宗教不善了，人类恐怕离灭亡也就

不远了。(张庆霞)

与张庆霞博士

143. 做学问、成事业的三个层次：知之，只是欲念、认识；为之，即为奋进、竞举；乐之，达到胜己、忘我，必成其功。

这是老师对学生和后辈的教诲，惭愧的是，我们很多人做得不够。但学生之中的确有做得非常不错的，比如一位个头和我差不多的师弟，每天都浏览最新的外文文献，并以最快的速度将其中的精华摘取，然后以邮件或微信的形式分享给科内同事。看他发出的时间，有时是深夜，有时是清晨，有时是午间。工作量很大，非常辛苦，但他乐在其中，达到了胜己和忘我的程度。

某师弟曾说，他要是不看上两篇英文文献，连夫妻生活都无法成功。我真诚地觉得，这未必是玩笑。(谭先杰)

144. 学位与文凭和帽子有关，和学问有点关系，和本事无关。姑且不谈帽子怎么做的，怎么戴的，怎么扔的。

长与幼

145. 孩子是父母发射的活的箭矢,前行与目标并非在掌控中。

孩子的出现的确给我们增添了很多新的话题和新的课题,也许真是老天派她来陪伴、引导我们成长、成熟的。(邓姗)

与夫人华桂茹教授

好父母的智慧在于理解,更在于包容,而不是包揽。世界上没有两片相同的树叶,孩子的希望也源于他们的不确定性。父母无法将孩子制造、雕刻成自我的复制品或希望自己成为的样子。箭矢在手中,只有发射出去,才可实现长距离飞行。为人师与为人父母同理,给他方向、助力起跑,余下的则是天高任鸟飞。他可能不同于你的期望,他可能高于你的期望,他最终会长成和你并排挺立的大树,而非攀附寄生的枝藤。(邱琳)

与邱琳博士

快与慢

146. 拐弯时，甩出去的通常是车速最快的、滑速最快的。

这个道理开车的、滑冰的人都有体会。进入弯道前，要减速。此前负载越重，速度越快，越要减速，越要提前减速，因为减速不能急，减速要时间。这时，若有些摩擦力（比如高速路的减速带），会不舒服，但能救命。（王姝）

147. 等待是有智慧的。是一种人生哲学、一种心态、一种信仰、一种期盼，更是一种努力。

与其他职业相比，一个医生的成长尤其需要等待。等待能毕业，等待能主刀，很多等待……等待有些寂寞，但并不落寞。我们在"等待"中逐渐增长见识，变得从容淡定。"等待"是前辈们给予馈赠的过程，是韬光养晦的熏陶，是无欲无求的磨炼，是成为一个好医生的必经之路。（李晓川）

做事　95

在门诊，经常会听到老师讲一句话"没事儿，我看着你呢。"对面坐着的常常是焦虑的、紧张的、恐慌的患者。郎大夫《一个医生的故事》里有一篇文章叫《善于等待》，说到病人看病，有时得耐得住等待。但在这过程里，大夫说一句"没事儿，我看着你呢"，或许才能真让患者定下心来，安于等待，而免于惶恐、焦虑而带来的"过度"之苦。(郑萍婷)

关于"等待"，也是郎大夫在门诊常用的诊疗理念之一。还是讲个小故事。

有一个病人，几年前单位体检超声发现卵巢上有一个直径4—5厘米的囊性包块，病人这两年每年体检都没有发现这个囊肿有明显增大或者其他改变，血液检查的卵巢上皮性肿瘤标志物（CA125）也都在正常范围内，但也没有缩小或消失。郎大夫对病人进行了妇科查体后，认为可以继续随诊观察，每半年到一年来门诊监测囊肿变化即可，暂时不需要特殊处理。病人显得很忧虑，对于别处听到的需要手术的建议也很有顾虑，反复询问是否真的不需要手术。老师说："我们没有不管它，我们关注它；关注即是治疗，随诊也是治疗。"当医生会有体会，告诉病人"没事儿""不用治疗"有时比给出一个诊断、开点药、做些治疗，需要更丰富的临床经验和更准确的临床判断能力做基础，需要大夫担当更大的责任，甚至得冒一点风险。但这样的消息通常能带给患者安慰和释然。

此外，医者向患者传递"等待"理念的表达方式、措辞语言也很重要。常常，医者所使用的医学术语病人不能完全明白，而医者心目中的"有事儿""没事儿"也和病人自己的界定不全相同，不同病人之间也会不尽相同。与社会角色、教育背景、性格特征、生活经历、看病经历等

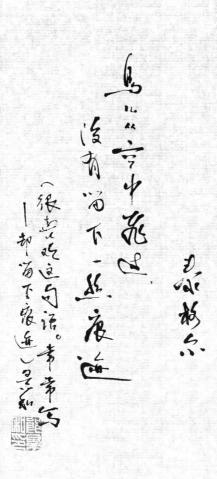

有关。医者在与就医者交流的过程中，如果能始终认识到个体或个性差异对诊疗过程的参与和对结果的影响，或许就能理解不同患者的忧虑和顾虑，选择适合的语言进行解释和安慰，让"等待"安全，让"等待"安心。（王姝）

数字与《易经》

148. 数字是美妙的，数字是有灵性的、通情达理的。数字是变化的，数字的变化，就是事物的变化。

郎大夫喜爱数字，每次科里的月报会都强调数字。他记忆力好，任何数字都过目不忘，简直就是一种高妙的技巧，并且乐此不疲。慢慢我才理解，这个数字不全是"数"。就像中医里面的脏腑和西医的脏器并不一样。

在我们的古老传统中，真正的哲人和智者，在心智融通的晚年，总会把对数（字）和《易经》的研究作为智慧的高峰来对待和研习。文王如此，仲尼大人如此，阳明先生也是如此。孔子晚而喜《易》，读《易》韦编三绝。曰："假我数年，若是，我于《易》则彬彬矣！"大道至圣，如果仅仅挣扎于简单、重复和烦琐的数字，恐怕很难有这样美妙的感觉，很难做到"通情达理"吧。（李雷）

面对千篇一律、枯燥无味的一堆数字，我们是否能很自信地通过我们的思维模式来探索，从无序的数字到有序的数据，从有序的数据到更加理性的证据，从而推动医学诊疗的进步，迎接医学大数据的到来。而对医生个人来讲就意味着归纳、总结能力的培养。（戴毓欣）

149. 人变数，数变人；人是数，数是人；人玩数，数玩人。不可轻慢于数，不可迷离于数。要读懂数，要用好数。

医生这个职业，非文非理，不工不商，也考虑数吗？是的，而且须臾不可离开。发生率，患病率，复发率，有效率，缓解率，转移率，生存率，似然率，中位生存期，妊娠率，活产率，Apgar 评分，FIGO 预后评分，Ⅰ、Ⅱ、Ⅲ、Ⅳ期，1、2、3 级，出生体重，总产程时间……不胜枚举。没有哪一天或哪件事可以离开这些数。前面说过，郎大夫时常对这些数津津乐道，并可将关于数的故事娓娓道来。

另有人兴起数字医学，将病理、生理和解剖机制更加量化和模型化，也没有超出数的范畴。循证医学，遵循证据，证据级别有高有低，研究结论有长有短，还是需要荟萃分析，亦尤数也。如今世人纷纷议论"精准医学"，谈基因位点，谈靶向治疗，谈精准用药，谈大数据库。千言万语，"要读懂数，要用好数"。

但这一切似乎并不这么简单。还可以再琢磨，还可以再沉思。数，从娄从攴，计也。从整数到有理数、无理数，再到广义的数字和数学系统（群、域、集），再到技艺、学术（今夫弈之为数，小数也），再到命运、运气，莫不有趣？想想毕达哥拉斯、泰勒斯和阿基米德，想想笛卡尔和斯宾诺莎，再想想罗素，可以稍微涉猎一点他们对于数、命运和哲学的研究，获得对"数"的想象和思考。生活和智慧的乐趣无处不在，"数"的韵律无处不在。（李雷）

150. 学《易经》，不一定会爻卦。善易者不卜。但不学《易经》，则是无可弥补的知性缺憾。

知易者不占，善易者不卜。我们在知性缺乏的地方，孤独无助；我们在知性到达的地方，则可安然处之。《易经》，是关于宇宙恒久规律，

自然不变法则的古老东方哲学，对于科学认知还未能到达的领域，它或许能弥补我们理性认知缺失所带来的惶惑与不安。（李雷）

151.《易经》是几千年中国传统文化的结晶，虽然始于卜筮，但逐渐丰富、深刻，表达了东方文化对宇宙变化的认识论和方法论。初始的历法、完备的数术、科技的发展均导源于《易经》。

《易经》及其附属系统，流传锤炼，文义奥妙。有人说"《易经》涵盖万有，纲纪群伦，是汉族传统文化的杰出代表；广大精微，包罗万象，亦是中华文明的源头活水"。也有人认为是过度解读，让《易经》承载了太多的历史责任和价值观念。以拙见，作为先民的智慧书，它更多的是一部包含了众多自然科学理念的哲学著作。（李雷）

三

行医

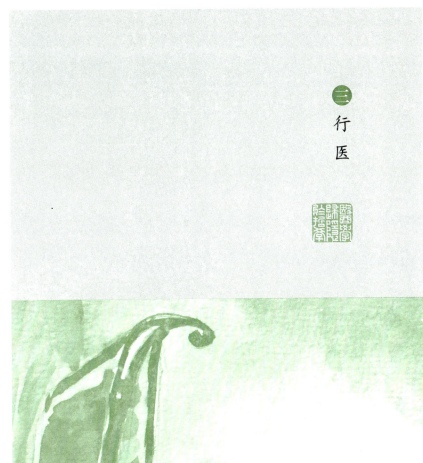

医学是哲学

152. 哲学始源于医学,医学归隐于哲学。

我们很难妄言去诠释什么是哲学,什么是医学,它们始于何处,隐于何方。遑论二者都事关生死。

如何生、如何死是医学问题。生为何、死为何,是哲学问题。

如何不生、如何不死是医学问题。不生为何、不死为何是哲学问题。

如果有一天,医学把生死的问题解决了,或许哲学疑惑就自解了。又或许我们把哲学问题搞通透了,医学也不再纠结了。(王姝)

153. 医学可能是科学、哲学与宗教的结合。

卢梭在《论人类不平等的起源和基础》中说:"在人类一切知识中,对我们最有用而知之最少的是关于人类自身的知识。"两百多年过去了,这句话的正确性丝毫未曾被动摇。

而医学,恰恰是研究人类自身的学问。我们知道的越多,才发现未知的更多。科学让我们越来越了解肉体的细枝末节和运行规律,

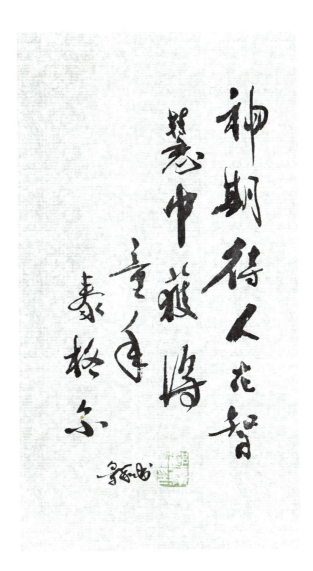

而它面前展现的更大范围的未知的黑暗，让我们担忧、惶恐和害怕。我们求助于哲学，试图探索科学触角无法到达的领地。我们依赖宗教，以此在巨大的未知中保持镇定、保持安静，获得勇气，得到安慰。（王姝）

154. 行医——是一种以科学为基础的艺术。它是一种专业，而非一种交易；它是一种使命，而非一种行当；从本质来讲，是一种社会使命，是人类情感或者人类良善的一种表达。

我愿意信奉行医是一种使命，也能接受它是一种行业。不过，它是一种需要更多淡泊、更多奉献的行业，难以单纯用金钱来衡量和交易的行业。有些病人在术前"打点"，似乎医生见了钱才会"眼开、心动、手稳"；术前，各种礼貌、礼物，甚至礼金，说是表达感谢之情。乍听有理，可是，一般感谢，不是在善事已行、善果已受之后吗？用在此处，似有些不安。而在术后则踪影全无，甚至连一句道谢的话也吝于出口了；回想此前意欲"真诚表达的感谢"，就更为蹊跷了！作为医生，我未曾把我的职业当成交易，也愿我的病人们明白，生命和健康无从交易，此前无须下"订金"。命有三种境界：性命，生命，使命。或许只有拿使命去面对生命，去挽救性命，这样彼此才对等，这样大家才都有尊严。（邓姗）

在医患关系如履薄冰的当下，重温郎大夫的这段话倍感温暖。伤医事件时有发生，我们需要更多的正能量，而正能量来自患者的理解和肯定，来自解除疾患的自我成就和满足，更源自内心的使命感、责任感。不忘初心，方得始终。（李晓川）

与李晓川博士

155. 医学是人类善良的情感和行为，是随着人类痛苦的最初表达和为减轻这种痛苦的最初愿望而诞生的。

什么是善？善，或许能感受到，但不好描述。《辞海》里解释：善，乃吉也（东汉许慎《说文》）；善，是完好、美好、圆满，是共同满足，是德之建也（《国语·晋语》）；善，是全好的心，供养三德为善（《左传·昭公十二年》）；是慈善；是应诺；是慎重；是完好于某方面，是高明，是巧手，是善工、善手，是名医。总结下来，善的精神含义是"心地善良，无伤害之心"；善的物质载体是"技术精湛，不祸害"。

因此，可以说医学是关于善的学问，医学是善学，医术是善术。具体到医学之善，应该包括医学之善的定义、医学之善的内涵和医生该如何表达善这三个层面。

医学之善，具体到日常行医，即心地善良，为患者求利益；敢于担当，为患者谋良策；技术精湛，为患者驱病魔；言行和善，让患者感受爱。尽管说我所认识的妇产科医护从业者无不是心怀善念、投身善举之人,但是有些病人或其家属不能体会,业内也有患者对医者的埋怨、辱骂,甚至拳脚、砍杀。我们不禁反思,社会怎么了?医学怎么了?或许,医患的相处中、对医学的认知上、对生命健康的态度里,医学实践的双方乃至整个社会都存在很多缺失。如果能理解何谓尊重、掌握如何沟通、加强关于最基本的人性的教育,开始思虑生死和健康的意义,我想,最终善心、善行自然会在人与人之间,尤其是医与患之间顺畅地流淌。(张震宇)

与张震宇博士

这句话是在撰写《郎景和院士谈妇科恶性肿瘤诊断和治疗中的人文关怀》时,我第一次从老师那里完整地接触到。老师曾给我看过几张图,以说明蛮荒时代的医学雏形,让我领会这段话的意思。帮助和安慰受伤或生病的家人(朋友)、帮助和安慰受难者,都是最初的医学行为。

老师说,医生在行医过程中,一定要体现对病人的关怀,这种关怀就是医学的人文性,它是对人的一种仁爱和友善的表达,这才是医学的真谛,是医学的社会责任。(谭先杰)

156. 生命是任何东西都不能补偿的，维护生命是人世间的最高奖赏。

生命的尊贵体现在生命中的每个时刻，应该尊重自己的生命与他人的生命。维护生命的责任在全社会，体现在每个关系到生命的环节。维护生命和健康，不应仅仅在医院，虽然医院义不容辞；不应仅当健康报警、生命垂危的时候，虽然这时更要奋力挽救。否则，积习成疾如何要求一朝病愈，众人旁观如何企望妙手回天。（王姝）

157. 印度湿婆大佛的教旨或祈命是：创造、破坏和修复。行医的使命与此是一致的。破坏与去除虽不易，修复与重建更困难。

最初，人们将对生命与健康的企望寄托于神灵，无助绝望中的人们创造出能够建设、破坏和修复的神，来给生者希望和慰藉。之后，人群中有人开始尽自己所能尝试真正去破坏毒瘤、修复伤病、创造康复。他们有时成功，大多时候则不能；有时仅能完成破坏与去除，却无法实现修复与重建；也无法保证病愈如初，伤复如新。

人们将对神的期望赋予这一小群人，尽管他们显然不是神；但人们未曾将对神的恭敬、顺从和宽容分给他们，而多数人显然也都不曾考虑这个问题。（王姝）

158. 印度佛的信念——我只教一件事，苦和苦的消除。医生的信念——我只做一件事，病和病的消除。

世间之苦从未消除，所以佛仍在。世间之病从未消灭，所以医者在。（王姝）

**159. 我们要始终保持敬畏之心。敬畏生命，生命属于每一个人，只有一次而已，弥足珍贵；敬畏患者，他们把生命交给我们，患者是医师的真正老师；敬畏医学，医学是未知数最多的浩海，是庄严神圣的事业；敬畏自然，自然不是神灵，是规律和法则，要去探索、认识和遵循。

这里想讲讲美国医生特鲁多的生平。由此，我们或许能对他那句著名的墓志铭，以及对上面这段话体会一二。

有人说，与其说特鲁多是个医生，更不如说他是个病人，因为他一生中，似乎给自己医病的时间比行医的时间长许多。1848年，特鲁多出生于美国纽约的一个医学世家。特鲁多在20岁时考取了哥伦比亚大学医学院，并于1871年完成学业。1873年，25岁的特鲁多被诊断患了肺结核。那时的肺结核如同今日的癌症，是"不治之症"。在医生的建议下，他只身来到荒凉的撒拉纳克湖畔。25岁的他，或许在山间湖边散步时，回忆着自己既往的生活；或许当精神好些时，还打打猎、骑骑马……打发着死亡来临前的时光。可没过多久，他意外地感觉到自己的体力在慢慢恢复。他也恢复了对医学学习的愿望和兴趣，后来居然完成了学业，并最终获得了医学博士学位。此后，特鲁多回到城市行医。但每当他在城里住上一阵，肺结核就会复发；而一旦回到撒拉纳克湖地区，又会自然"病愈"。1876年，特鲁多干脆举家迁居到了撒拉纳克湖畔。1884年，他向朋友募集四百多美元，在这里创建了美国第一家专门的结核病疗养院——"村舍疗养院"。19世纪末期，特鲁多一直引领结核病治疗和研究领域的前沿，并成为美国首位分离出结核杆菌的人。他还创办了一所结核病大学，由他倡导的对结核病人生理和心理上的许多治疗、照料方法沿用至今。1915年，特鲁多死于结核病，享年67岁（1848—1915）。无可置疑，他比当时绝大多数肺结核患者活得长久。

他死后依旧被埋葬在撒拉纳克湖的湖畔，墓碑上刻着他行医生涯的座右铭："有时去治愈，常常去帮助，总是去安慰。"（王姝）

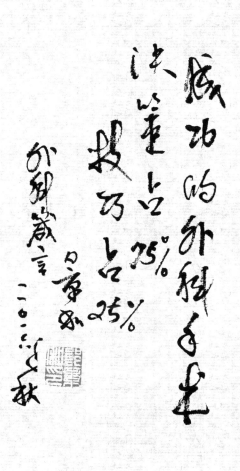

160. 医学的本源是对人生命的尊重，对人身体的爱护，对人性的关怀和友善。这种医学的本源才是医生的职业使命。

郎大夫说："妇产科医师，最能感知人类，特别是女性敏感的心灵，最能理解她们的企望，最能够体恤她们的伤痛，我们将保持对医学人文的眷顾，营建医学活动的理性境界，完美天使的形象，赎救仁爱的诺亚方舟。"或许我们只是凡夫俗子，不敢担天使之名；或许我们势单力薄，不敢承拯救方舟之任。但谨以点滴善意，细微善行，践行善医之念，完备善术之举，是可及可做的。医学乃善学，医术乃善术，让我们怀着一颗善良的心，去拯救那一个个即将被病魔吞噬的肉体乃至灵魂。（张震宇）

161. 医学体现着社会的精神道德底线，医生、公众与社会都应该维护它。

回顾医学史，医学由神学、经验医学进入实验医学、循证医学，乃至今日的精准医学时代。然而，在医学科学技术飞速进步的今天，人们对于医学的敬畏、对于医务工作者的崇敬之情却逐渐消失，人们因病就医的"幸福指数"日益下降。可见医学"人性"的特质越来越被淡化乃至忽略，无论医生对于患者，还是患者之于医生。医学本源中蕴含的人性中"善"的特征，越来越多地被冰冷的仪器设备和所谓严谨规范的逻辑思维所融化。但医学实践最终离不开医务人员发自内心的善意，也更需要患者和公众以善心理解医学行为、包容医学的不确定和不完善，由此，医疗的善行才能受到鼓励、施行无碍，最终完成它治病救人、维护健康的使命。（张震宇）

时下，我们经历的这个时期，或许成为中国医学史、社会史上的一个标志性的阶段。医生的公众形象如此，公众对医疗行业的怨声如此，西方医学史上有类似阶段，中国似无史可追。即如郎大夫所言，医生、公众、社会都应该维护医学的尊严，因为医生、公众、社会都曾在过去的一段时间里，有失维护。互相的指责，其实都难逃其咎。为医者，只是社会的一分子，非常无力的一分子，但却是医学的"掌门人"，自当全力维护门派声誉，哪怕要付出几代人的代价，就像那些前仆后继的革命者一样都是与"恶"作战，与"邪"作战，可能源于外界，也可能始于内心。（王姝）

162. 医学不是纯科学，它只是人类情感或者人性行为的一种表达。它是自然科学、社会科学以及人文科学的结合。

何谓医学，是很难下定义的。老师却从多个角度，对医学做了多方位的阐述，引发思考。随着科学技术的发展、认知的深入，医学前面冠以的定语也是"城头变幻大王旗"，医学的内涵似乎又因此而不断地拓宽。

然而，无论如何给医学下定义，医学存在的目的似乎依然还是那么单纯明晰，就是防病、治病与关怀。不得病时，如何预防，譬如对感冒的预防，多喝水、勤洗手；又譬如对子宫颈癌的预防，打疫苗，做筛查；得了病，给予治疗，即使医者明知，很多时候不一定都能痊愈；不论是治愈、减轻病痛还是面对病魔束手无策，关怀却始终陪伴左右。只可惜，物欲横流的社会，本应无价的关怀，已然一文不名。

2015年1月，美国总统奥巴马的国情咨文冗长，却不乏掌声，尽管这种掌声可能都是事先设计好的。也许，中国的医生不会太多地去关注他所提及的其他问题，但却不会忘记他所谈论的精准医学，从言必精准的各式高峰论坛、巅峰对决以及精英对话的研讨会，就不难看出这已是不争的事实了吧。医学，又被冠以了最时髦的"精准"一词，医学又有了更为广阔的内涵。当然，精准医学肯定不是奥巴马的原创，没有幕像，他绝对说不出这样的科学术语。于我而言，第一次看到精准医学的表述时，最先浮现在脑海中的却是多年前老师的一句发人深省的话："现代科学技术诠释古老的迷信。"

精准医学发展的终极目的似乎就是，原来生命中一切的不可知，都可能是可以预测与预知的。当然，肯定不是这么简单，我的理解，它至少是涵盖了类似的内容。医学问题的诸多不可预测性，可是支撑我坚守初衷的原动力。真的当一切都在大数据的意料之中时，医学还会有往日的魅力吗？那时候，医学的定义又是什么呢？

再调侃调侃，当人世间的一切都不再神秘、生老病死的旅程一出生都让大数据给规划妥帖，活着还有意思吗？只是调侃，留给老师解惑啦。(李志刚)

163. 医学是改善人生、完美人生的艺术，体现美和艺术的追求与创造。作为医生要追求和完善——健康之美、生命之美、至善之美和仁爱之美。

164. 科学的顶峰是艺术，艺术的永恒在科学。医学是改善人生、完善人生的艺术，体现美的追求和创造。

165. 奥斯勒："医学是个不确定的科学和可能性的艺术。"

多希望更多的病患和病家能看到这句话。

奥斯勒是19世纪初开创西方现代医学的著名医学家。一百多年过去了，人们认识人体和疾病的水平已经比一百年前大大提高，寻找到很多规律，建立了很多规则，用以维护健康，对抗疾病。然而，就在我们兴奋地高喊"我抓住了凶手"的时候，总有各种"不确定"如影随形。

我们告诉病人，该药对这种病的有效率是80%，有10%的患者会出现这样或那样的副反应。对于这样的成就，医者很可以自得一番了。然而，病人问到底是不是一定会好，会不会有并发症。我们还是无法回答。我们只能解释：如果您是那80%，您就会被治好，如果是那90%，那就不会有并发症。但病人还是无法知道他究竟会是哪一类，我们亦无法给出明确答案，因为我们确实也不知道。尽管大家努力将医学精准化，企图用核酸、蛋白这样最基本的构件来细化、固化人体的各种可能性，但仍是遥不可及。

医学，蕴含着太多不确定，或许无奈，也或许唯其如此，这门科学才如此深奥；生命，伴随太多可能性，或许惶惑，也或许唯其如此，生命才如此美妙、贵如珍宝！（王姝）

166. 没有完全一样的疾病，也没有完全一样的治疗。

时下如火如荼的网络医疗、电子医疗、自助医疗，或许便捷，或许高效，但也消磨了人的个性，忽略了病的特性，也逐渐淡漠了医与患之间的关系，人与人之间的联系。这样的医疗是进步了，还是偏离了医治的本源，或许只有时间才能回答。

此时想起，大半个世纪以前，英国作家赫胥黎曾经描述了这样的《美妙新世界》：人类在流水线上出生、组装、维修、分类、淘汰……人类社会抵达高度"发达"，高度"有效"，高度"文明"！

书的末尾，最文明的成了最野蛮的，最确定的成了最绝望的，最不确定、最"原始"的东西浮出水面，来拯救世界！（王姝）

167. 知己知彼，百战不殆（《孙子·谋攻》），治病也是如此。己者，技术、经验、条件；彼者，病人、病情、关键环节、潜在问题。

168. 疾病的诊治要遵循两个原则：科学原则——针对病情：疾病的发生病理、生理、治疗方法和技术路线；人文原则——针对人情：病人的心理、精神、意愿、生活质量，个人和家人的需求。

就病论病的大夫居多，当然不错。但当大夫把患者的生活、家庭、情感、心理需求纳入诊疗考虑，医治的境界自然不一般，对大夫的修养、品格、谈吐、性情也是更高层次的展现，还是讲个关于看病时"拉家常"的故事吧。

她走进诊室，动作缓慢地挨着墙坐在凳子上，面色晦暗，眉头紧锁，用郎大夫的说法就是"愁苦面容"。张女士，29岁，病史已有六七年，门诊病历本儿都写满几个了，曾诊断子宫内膜异位症，因卵巢巧克力囊肿（又称卵巢子宫内膜异位囊肿），几年前做了腹腔镜下囊肿剥除手术，多次随诊查体和影像学检查都没有发现明显的病灶，但痛经症状仍是迁延不愈，症状越来越重，每个月疼痛不适的时间也越来越长，需要经常服用止痛药才能缓解。这一次也没有发现明显的病情进展，郎大夫建议患者换用另外一种治疗子宫内膜异位症的药物。之后看似不经意问道："张女士，做什么工作？""以前是编辑，得了这个病以后就一直请假没有上班。""哦，就不工作了吗？还是工作好，做编辑很不错呀，这个不是什么大病，去工作吧。"

这是一个典型的慢性盆腔痛病例，常见的病因是慢性盆腔炎症、子宫内膜异位症（内异症）、盆腔淤血综合征等，这类患者症状的严重程度常与体征和影像学发现不成正比，即没有或仅有轻微的器质性病变，但患者疼痛症状非常明显，因此长期寻医问诊，甚至四处求医就诊，放弃了正常工作，扰乱了日常生活。这种情况在门诊的女性慢性病患者中并非少见，这种情况的患者也常常让医生"挠头"。因为常常感受重、病症轻，躯体问题可能不大，但心理煎熬不小。此时，或许病人和医生都应重视在药物和常规治疗手段之外的疗愈帮助。在现有健康状况下尽快建立新的生活平衡点,重新开始适合的、规律的、不以疾病为中心的生活方式,对症状改善甚至器质性的疾病恢复都会有所帮助。

说到这里,又不禁想起郎大夫与年轻未育的内异症患者间常有的对话:"不想要孩子吗?""一直工作太忙,没顾上。""当然,努力工作很不错,但结婚生子也都不要耽误才好,尤其对你这个病,妊娠即是最好的治疗。"对于罹患慢性疾病长期不适的患者,培养兴趣爱好,投入正常的工作、学习和人际交往,都可能帮助患者转移她对身体不适的主观感觉,过分注意躯体感觉会在某种程度上放大它。即便是"无药之疾""不治之症",生活方式的改变,也能最大限度减少疾病伴随的负面影响。一度很流行的美国医疗剧《实习医生格蕾》中有这么一个情节:一位慢性神经痛的患者对几乎所有的止痛药物过敏,无奈之下,神经外科医生给病人开的处方是患者喜欢的电影VCD,患者看电影的时候注意力集中,感觉很不错,缓解了此前难以忍受的疼痛。这里当然有些戏剧性夸大以讨巧观众的成分,但在生理学上也是有些道理的。人在兴奋或注意力高度集中的时候,肾上腺素大量分泌的同时,体内分泌出一种内源性的咖啡因类物质——"内啡肽",作用于大脑确有一定的止痛效果。

我们目前的现代医学是始于西方医学,有赖于经验、实验、循证的科学研究体系,在短短两百多年间,为人类健康带来了前所未有的福音。但与此同时,人们也开始关注现代医学的一些弊端,例如有人称之为"对抗性医疗",可能因为主旨在于消灭和战胜!也有人开始反思:消灭了病灶也可能同时消灭了正常组织;抑或未及战胜疾病,就已击垮了病人;甚至很多治疗根本就是无效的!早在1979年,世界卫生组织就指出,21世纪全球人类必将发展的有四大医学:自然疗法、传统医学、顺势疗法和对抗疗法。西方学者已经开始关注音乐、文学甚至交谈，对于晚期肿瘤和某些不可治愈的慢性病患者的治疗作用，并将其列入"补充医学"的范畴。期望有越来越多的医界同道开始转变态度，除了在科学上可考可量的"主流医学"之外，也愿意包容和接受"非正统医学"或"补充医学"，并乐于主张、推荐或进行更多有助于患者提高生活质量、改善心理状态的尝试。（王姝）

169. 诊治方式的选择要兼顾双方：医生最有把握的方式，病人最情愿的方式；既要保证有效性，也要保证安全性。

170. 决策基于证据，但证据不是决策。决策还必须考量其他因素，包括证据、资源和价值取向等，依据实际情况，做出合理的决策。

自己独立出门诊以后才意识到，给患者一个正确合理的决策是多么的不易，需要整合诊疗常规、患者的实际情况、医院的实际情况，需要考虑方方面面的因素。每位患者的接诊时间有限，平均下来相当于几分钟内就要做出一个决定，当然病情复杂的患者需要几个回合才能做出决策。往往医生的决定对患者来说就是救命的。

上学时跟郎大夫出门诊，钦佩仰慕老师的敏锐，这是知识技术水平的体现。现有的医学有时并不能为所有的疾病诊治提供证据，需要摸着石头过河。更钦佩老师的睿智，权衡诸多可选方案和患者意愿后，总能准确而恰当地做出判断和决策，实非一日之功，我辈尚需磨炼。（陈娟）

医学是仁学

171. 医生应保持对医学人文的眷顾，医生给病人开的第一张处方应该是关爱。

刚做医生的时候，母亲经常上班前关照我，上班再忙，对病人态度好一点，生病的人不容易。的确，态度往往是患者对医生产生信任的第一要素。态度好，不仅仅是言语上的温和，更重要的是里面包含着你对患者发自内心的关爱，能够感同身受地体会他的痛苦、意愿、困难。当你仔细全面地询问病史，详尽耐心地做出解释，为患者做出周全的考虑时，绝大多数患者也都会感受到你的好意。也许这样的关爱就能够减轻患者的一分痛苦。关爱，就是医生给病人所开的第一张处方。（狄文）

2012年春天，我应邀为《中国实用妇科与产科杂志》撰写院士访谈栏的《郎景和院士谈妇科恶性肿瘤诊断和治疗中的人文关怀》。撰写过程中采访老师，老师说起了这句话的来源。

老师说，当年《北京晚报》想开辟一个专栏，名字叫作《协和处方》。这题目起得不错，很有创意，本意是希望协和医院的权威专家谈谈对某些常见疾病的预防和治疗。协和医院宣传处让他来写第一张"处方"。他想他写什么好呢？如果写妇科肿瘤的治疗、子宫肌瘤、子宫内膜异位症等具体的疾病，似乎太唐突。他说后来他就想啊，作为医生，我们第一次接触病人，第一次见病人，给病人开具的第一张处方应该是什么呢？应该是关爱！（谭先杰）

第一次读到这句话是在刚接触临床时，懵懵懂懂意识到原来当大夫不只是要给人"看病"。有幸成为郎大夫的学生后，暗自庆幸能亲身感受大家风范，亲历儒医的熏陶。工作以后，随着自己年龄阅历的增加，也深深体会到了老师这句话的分量。很多时候，一句关心的话语、一个关切的动作，就能融化坚冰、传递温暖。（陈波）

172. 科学求真，艺术求美，医疗求善。

科学追求客观真理，需要精准。艺术给人美的享受，愉悦身心。医疗求善，扶助病弱是每个人基本良知的表达，是人类社会文明的彰显。不禁想起前几日的一台小手术，一位还没有生育的30岁女性，因为交界性卵巢肿瘤（良恶性之间的肿瘤，目前治疗只能靠一次次手术切除，但之后仍有可能复发），已经做过4次手术，现在仅剩下一侧有8厘米肿瘤复发的卵巢，另一侧已经切除。术前反复沟通有可能保不住仅剩的这个卵巢，患者也理解。术中发现病变是多房肿瘤，经过之前几次手术，正常的卵巢组织已经不多了。这也让我们加倍小心，就如同对待自己的孩子一样，想尽量多地留存肿瘤旁的正常卵巢组织，技术虽然不复杂，但经过用心设计、细致操作，剔除5房囊肿，竟然全没有破，再用标本袋取出，避免了囊液外漏，减少了日后复发的概率；残存卵巢没有用方便快捷的电凝止血，而用很细的可吸收线缝合结扎止血，减少对残存卵泡的伤害；手术在腹腔镜下完成，微创美观。所有的努力都是争取尽可能保留她的生育功能和卵巢功能，希望她虽历经磨难，以后还能够亲历为人妻为人母的幸福。虽然不及恶性肿瘤手术那样让术者潇洒酣畅，但下台后手术团队的每个人都很满足，因为想到了，也做到了。给家属看标本时只是简单对病情、对手术、对预后做了交代和解释，他们或许不会知道其中付出的用心和努力，但我们却甘愿践行着自己作为医者的那份善良。医学也正是在对疾病的焦虑、对病患的体恤、对康愈的

期望、对良善的坚持中，不断进步、不断发展。（孙智晶）

与孙智晶博士

173. 绘画，不需要理解，而是要人们动情；科学，不需要人们动情，而需要理解；医学，既需要人们理解，也需要人们动情。

医学不是纯科学，而是赋予人文思辨的崇高使命。郎大夫曾经说过，给病人开出的第一张处方是关爱。这句话与美国医生爱德华·特鲁多的墓志铭异曲同工——"有时去治愈，常常去帮助，总是去安慰"。要成为良医，我们不仅要锻炼科学的、严谨的思维，还需要时常给予患者情感上的帮助和宽慰。随着科学技术的进步，现代医学的诊断手段越来越先进，治疗手段也越来越丰富。即便如此，我们对医学的了解仍旧只是冰山一角，还有太多太多未知的领域需要后人去探索，探索将是永无止境的。永远有未知的领域，我们知道的越多，就发现未知的更多，我们或许永远无法完全参透生命的奥秘。因此，当面对病人时，要尊重科学，更要敬畏生命；要入理，也要用情。医学是人学，是仁学，我们能感觉到情感涌动时人心的变化、环境气场的变化，也有机体神经、内分泌、免疫的变化。我们还不能用科学解析情感，但我们能分享它、感

受它，让它在生命的最深处发出光热。(毛溯)

与毛溯博士

174. 做医生，要通天理、近人情、达国法。

何为天理？天理即人改造自然之法门，自然法门便是生、老、病、死。为医者，要与生相伴、与老相抗、与病相峙、与死相争。《孙子兵法·谋攻》有云："知己知彼，百战不殆。"为医者面对疾病若想"百战不殆"，仅仅做到"知"，是不够的，必须要做到"通晓"。通病理、通治法；晓规律、晓规则。要做到，谈何容易。

此外，练达人情、洞明世事是处世的通则。而具体到医者，要为病人的苦楚设身处地，为家属的焦急感同身受，感悟人之常情，明晰处世之道。我记得在成为郎大夫学生的第一天，老师即说："医生给病人开的第一张处方是关爱！为医者，需一生谨记。"

进而，"国法"是规矩，是规范，是底线。(杨华)

175. 医学虽然是一种知识和技术，却不仅仅是一种知识和技术，如果离开人文关怀的哲学理念，那知识和技术的价值实际是微不足道的。这是医

生必备的自知之明和智慧之源。如果我们缺乏这种自知之明和智慧之源,我们就可能模糊了疾病的图景、混乱了施治的方案,甚至迷失了诊治的目的。

疾病不仅带给人身体上的伤害,心理上也会受创。病人对疾病的恐惧,对陌生的医疗环境和过程的惶惑,以及对疾病带来的生活秩序扰乱的担忧和焦虑,都会对其形成不可小视的心理压力和精神应激。此时,来自医生真诚的关爱和同情,常常能让病人立刻获得安全感,增强他病愈如初的信心,也会大大减少他对即将进行或正在进行诊疗行为的疑虑、戒备和抵抗。医生对病人的关爱和救治,对所有人都是平等的,就像在生命、健康和疾病面前,人人平等一样。医者若能心怀对病患的悲悯之情,能对病患的疾苦感同身受,在医疗行为中,就会自然而然地从病患的健康出发,考虑他的意愿、体恤他的处境,对诊疗计划做周全而细致的考量。即便在科学技术发达的今天,很多疾病的治疗效果仍难尽如人意。无论是妙手回春之时,还是遭遇无策之时,医生的人文关怀却总会给病人带去心理上的慰藉。恰如伟大的医学家特鲁多曾经说过的:"有时去治愈,常常去帮助,总是去安慰。"也如郎大夫所说:"我们不能保证治疗好每一个病人,但我们保证好好治疗每一个病人。"(冷金花)

与冷金花博士

176. 对病人的关怀出自医生的良知，会形成一种习惯，会上升为一种制度。

曾多年困惑于医患关系紧张，痛苦于某些病人的"无理""刁蛮"，甚或惊恐于医闹的暴力。百思而不得其因，不得其解。进而彷徨，以至于对职业前景担忧，直至有一天成为郎大夫的学生。

有近五年时间，每周都跟随老师看门诊、查房和手术。惊讶地发现郎大夫的诊疗氛围与自己以往的迥然不同。和病员间自然亲切，若兄妹，若父女。于风趣睿智、体贴温暖的交谈中，患者的病痛似已释然大半，其关系之融洽，难于言表。敬佩之余，遂暗暗思索模仿，欲究其理。又经恩师言传身教，耳提面命，终有小悟。郎大夫的医学实践，将医学科学、人文关怀与沟通完美结合，将艺术与哲学的修养流露于日常工作和诊疗行为中。其对病人的关爱，贯穿始终，虽浑然不觉，出于本能，已成自然。（李华军）

与李华军博士

关怀出于良知，发自真心就容易习惯，就能自然而然。当你完成一个手术，无论顺利或困难、简单或复杂，患病的人都需要此时对他

(她)的关注和关切。对患者,床旁、手术开始前,哪怕是无关的几句聊天也能让他(她)感觉温暖;对病家,术后、出院前,哪怕是一句"患者一切顺利"的话亦能安心。好的心思、好的习惯,成就好的医者、好的自己。(邓姗)

177. 临床技术是在一个活的机体上完成一种仁爱之举,而并非处理一尊雕塑。

178. 人性化就是除了诊疗"病"之外,还有"人"的考虑,包括伦理观念、价值观念、婚育与家庭社会观念,甚至美学观念。

这里讲一个发生在郎大夫门诊的关于"感觉"的故事。这个病人45岁,两年前因早期宫颈癌做了广泛性全子宫切除手术(包括子宫、双侧卵巢、一部分阴道和一定范围的子宫旁组织),在门诊定期随访,肿瘤相关的各项检查一直都很正常。但病人这次复诊提出了新问题:"既然我的两个卵巢都切除了,要不要补点激素呢?"郎大夫问:"你有什么特别的感觉呢?比如潮热、出汗、心悸?""现在还好,没什么特别的不舒服。""那我们就再看看,虽然卵巢切除了,但人体内还有一些别的组织和器官也能产生一些雌激素,比如肾上腺和脂肪组织,也不一定都需要补充外源性激素的。如果您有上面说的那些雌激素低引起的表现,适当地补充对宫颈癌患者也是可以的、安全的,补还是不补,我们跟着感觉走。"

妇科肿瘤病人因为医疗原因(手术或放化疗),提前绝经并引发"围绝经期综合征"的问题越来越受到医生和患者的重视,说明其一,我们的肿瘤病人生存时间延长了,需要考虑更长远的事了;其二,我们的病人生存质量提高了,她们已经从对癌症的恐惧中恢复过来,开始努力恢复病前的生活状态了。我们的医疗有效了,病人要求提高了。医生和患者都得以从生死的逼迫中稍稍缓口气,来关心更人性、更家庭、更社会的问题。我们最终的理想是让生命有质量、有尊严地存在着,无论是健康还是在病中,无论是来日方长,还是已在生命的尽头。(王姝)

179. 医生对知识的阅读、学习和发现、印证和应用,实际上是对另一个生命体的悉心观察和感情交流。如果没有同情、怜悯(这个词没有错)、关爱与救助的感情因素,那些知识的价值几乎等于零!

道理大家都懂。很多时候,可能不是没有同情、没有怜悯,也并非不想关爱,不愿救助。恻隐之心谁又能没有呢?只是职业相伴的压力、疲劳、紧张、混乱,麻木了情感的知觉,淹没了善情的表达,或是职业要求的冷静逐渐塑造了冷峻的面貌,医学科学的刻板逐渐派生了物化的思维。为医者,病人、公众对为医者以神的假象来期望,希望他们既是宽厚仁和、代表爱与智慧的牧师,又是百发百中、不差毫厘的科学家。但医者也只是人,若你是病人,请把大夫当作人,最好是并肩作战的战友,协作攻坚的伙伴。了解他会疲惫,明白他不是没有尽力,如此应该能获得更多的关爱和共情,因为,这些是人与人之间的情感。诚心参拜的寺庙里"著手成春,起死回生"的神,恐怕不能给予病中之人有温度的感情。(王姝)

医学是科学

180. 一种疾病的发生、发展规律,一项治疗的适应、禁忌,必须去认识、去遵循,违背自然规律办事,必定要受到惩罚。

181. 一个有良知的科学家，特别是医生，总是将自己的兴趣和注意力聚焦于国计民生、大众健康最迫切需要解决的问题上。完全钻在自己筑就的"象牙塔"里孤芳自赏，是不会有出息的科学家。

对于疾病病因和发展规律的探索是医生这一职业固有的任务之一。历史悠久的经验医学是通过医生的思辨和经验来探索病因，而现代医学更强调科学的证据与循证。医学重心貌似在由个体的微观向大数据的宏观转变，所以社会上产生了"轻临床、重科研""轻人文、去人性"的抱怨和担忧。但事实上，医学本身的特性要求我们，既要关注每个细胞的离子变化和能量代谢，也要关注整个人体的运转和功能；既要全力救治每一个病患并体察体恤患病之苦，也要在成百上千例病患中找到疾病本身的规律及破解之法。如此种种，看似头绪繁多、无法兼顾，实则相互融通、并行不悖。因此，若远离或排斥医学研究，则不利于医学发展，也不利于医生个人职业的完善。医学研究的形式不仅仅是实验室研究，临床医生养成从事临床研究的职业习惯也很重要。（王姝）

182. 一个好的医生和研究者，要善于发现问题，善于总结经验，善于表达观点。

183. 医学——成功与风险并存，求索与循证不辍。

医学领域充满了神秘的疾患、诡异的病情，也有睿智的发现、高明的诊疗。而病与愈的故事却永远耐人寻味，可能你通晓病从何来，但无计可施；也可能尚不得其宗，病却随时间悄然自愈。我们知道的虽已很多，但未知的领域更大。医学探索的道路上，风险如影随行，需谨严慎行，循证求索不辍。（戴毓欣）

与戴毓欣博士

184. 建立临床诊治指南的必要性是：保证医疗的行为准则，提高服务质量；维系合理医疗消费，提高医疗价值；强化组织领导，提高管理水平。

185. 医疗诊治规范既要与国际接轨，又要与国情接轨，以便疾病诊治，以便统一标准、分期、分级、结果判定和比较，以便交流与合作。

中国文化特别是中医体系很崇尚"悟性"或"经验"，经历同样的病例诊治过程，有的医生会有更多的收获和更全面的判断，这绝对是值得珍惜和重视的禀赋。而西方国家更重视循证，我们的临床研究欠缺的正是规范的随机对照研究。如果借力于中国专家的敏锐洞察力，加上丰富的病例资源，把日常工作转化到有意义的研究工作中去，自然会产生很多真正有价值的科学论著，国际的循证证据中也会有我们的贡献和声音。更为重要的是，对于国人某些特殊的体质、病质，以及具体医疗资源和经济状况，某些情况下照搬西方国家主持出台的国际诊疗规范是不适宜的，甚至不可行的！或许，我们更应亟待与国际接轨的是科学的研

究方法、严谨的科学作风和对临床科研的全力投入。（邓姗）

186．规范化与个体化相辅相成，在疾病诊治中的地位与权重又有所变化：在流行病学调查、疾病筛查时，要严格按规范实施；在诊治实践时，两者要密切结合；对于晚期病例、疑难重症、复发者，则要强调个体化处理。

187．临床决策要达到安全诊疗、优化诊疗、节约诊疗。

188．科学技术可以是天使，也可以是魔鬼。让科学技术带给医生以利剑，帮助病人驱除病魔吧！

每当谈论医疗技术，总是会不由自主地想起前辈林巧稚大夫有关黄包车夫与剖腹产的贴切比喻和精辟论述。

技术的进步，不论是因为麻醉管理，还是因为手术器械日新月异、眼花缭乱的更新换代，如今，切子宫无疑更简单、更快捷，似乎也是更加安全的手术，剔除所谓的卵巢囊肿就更是小菜一碟、不在话下了。但因何而切、为何而剔，本应该是医患双方最需要推心置腹的话题，只是医者已然没有那份耐性、那份"闲情逸致"去与患者探讨那总被认为除了传宗接代再别无他用的子宫去留的利与弊，去讨论或许就是个生理性囊肿却不知如何被拔高的长癌风险罢了。诸如此类，不一而足。

简单地切除，好像总是远比科学的苦口婆心来得干脆利落。当手术不再是医学问题、技术问题，而可能仅仅是社会问题时，这会不会是另外一种更为可怕的悲哀呢？

此时，不能不叹服老师的真知灼见。（李志刚）

前半句很好懂，也有很多例子来佐证。比如诺贝尔发明的炸药，本来是用来开山劈路，却又被用来制造武器；核能，既可用来发电，也可用来制造核弹。

科学技术自然也用于医学包括手术操作之中，但如何应用这些技术则需要考量。正如老师所说："外科手术不是器械和技术的炫耀，手术室里最重要的是病人。"先进技术，只有应用恰当，只有使病人利益最大化，只有考虑价值医学，才能真正有益于病人。（谭先杰）

189. 任何一种新技术，或者一种实验检测，都有应用的指征、范围，还有其不适应或禁忌及其结果（或技术指标）的解释与判定。

190. 对新技术、新方法、新药物的不适宜使用或滥用，包括适应征的扩大化、禁忌征的忽略化、使用的非规范化及非个体化、缺乏质量保证与控制以及缺乏严格的评价、总结与分析等。

191. 新技术的不适宜使用及滥用，其后果是给病人以误导，造成虚假平安或者平添恐惧；造成卫生经济的极大浪费及个人家庭的沉重负担。

192. 高效的现代检查技术和机械流程，会导致辩证统一的丧失，作为整体的活生生的人可能会被分割为流水线上的一个部件。

193. 技术方式方法的选择必须符合疾病处理的规范要求，不能削足适履，为使用某种技术而勉强为之。

194．治疗模式作用于人群（疾病），而不是个体（病人），而治疗实施则必须因人而异，乃为个体化。要具体问题，具体分析。国情有别，病情有别，人情有别。共性中有个性，偶然性中有必然性。个体化不是"自由化""随意化"。

195．人的机体是个有机结合、互相作用的整体。不太可能"一个器官一个病"，各器官系统协调配合，相互影响，因此绝不可"头痛医头，脚痛医脚"。

196．现代科技渗透于医学，使我们对人体微观世界的认识日渐深入，但我们必须从微观的认识中退出来，全面地、宏观地认识人体和自然。

197．科学赐予人们的恩惠固然可喜，但如医生变成了纯科学家当堪忧虑。非医疗因素驱动会造成技术扭曲，我们应该开出负责任的处方。

医学是实践与经验

198．经验是一种文化，一种认识和处理事物的潜能，有经验的医生可以从一瞥一嗅中做出令人惊奇的判断。即使是电脑给了超乎寻常的显示，它必以我们存入的经验和信息为基础，而对其结果的认识和使用更需要经验。因此，一个医生没有任何理由小视与病人面对面的工作——临床第一线的实践。

199. 一个没有临床经验的人，即使十分熟悉证据，也无法给病人看病。

在以严谨著称的、以循证证据为依据的美国临床指南中，每一篇的开头都有一行小字："本指南的内容用于协助妇产科临床医生在工作中处理相应的临床问题。本指南并非唯一的、排他的临床处理流程。在具体临床实施过程中，应根据患者的个体情况、本身经济情况，以及医疗机构的具体条件，对本指南内容进行相应的变化。"

通常大家在看专业指南的时候都会忽略这一行字，但其中却大有含义，值得当下一部分"唯指南"论的大夫和一些病人了解。西方医学经历了经验医学—实验医学阶段，到目前比较普及流行的循证医学模式，应该说在科学性方面是发展迅速的。目前的临床指南以设计良好的临床对照试验结果为高级别的证据，从大样本的对照研究中总结人群中某种疾病的临床特点、预后转归趋势以及药物疗法的使用效果，从而使我们对疾病的宏观整体认识大为提高。我们获得了很多比率的、比值的数据证据，来指导我们临床对疾病的判断、治疗和评估。然而，当具体到某一个病人身上，当被问到"我的病到底能不能治好""这个药对我到底会不会起效""我的病会不会复发"等问题时，我们能够提供给病人的也只能是一个概率、一个机会、一个可能性，仍然无法确切地给出一个令人满意又安心的答案。在目前专业信息大范围公开的年代，任何人，无论医生，还是病人，无论是刚入校门的医学生，还是资深的专家，都能通过各种渠道获得最新的发达国家的"疾病临床指南"，甚至有人预言，因为这些规范化流程的推出，面对面的医疗可能会逐步退出历史舞台，或者边缘化，而成为主流网络、远程医疗的一小部分补充。果真这样吗？若果真如此，倒是很期待，但或许医学并非如此，诊疗并非如此。

如果把临床指南或各种试验研究得出的结论比作一把利刃，那么一定是精于剑术者能用它斩病削瘤，而武艺不精者或许难逃乱舞伤人的境地（伤人——患者，也伤己——医者）。而这剑术，恐怕不是一朝翻看"指南"、如法炮制所能练就的。而临床经验就像是内功，让医者知道何时出手、何时收手、何时独战、何时联手。当然，目前又有称之为"精准医疗"的崭露锋芒，意于通过对每种疾病和每个人的基因密码进行全面破解，找到"上帝之手"，最终认识他、改变他、控制他。到那时，或许我们真的不用再有医生、再有医院，而只需要有基因测序中心、基因敲除实验室、转基因和基因重组平台。

有人调侃目前的医疗，医生眼中走进诊室的不是一个人，是各种化验数据和影像学图片。那么在那精准的未来，将是无数的双螺旋缓步迈入，但不是医院的诊室，而是一个计算机和网络构成的虚拟空间。（王姝）

200. 所谓"经验医学"向"实验医学"转变，作为医生，经验仍然是第一位的、最重要的。经验是实践，经验靠积累，经验需升华。

201. 不能笼统地说，"临床研究是低水平，基础研究是高水平"；也不能笼统地说，"临床研究简单容易，基础研究复杂困难"。

202. 我很欣赏ESMO（欧洲肿瘤协会）2010年会议口号：好的科学，更好的医学，最好的实践（Good Science, Better Medicine, Best Practice）。

203. 丰富的经验，使我们精巧；先进的观念，使我们明智。

204. 善于实践，善于思考，善于总结。

医学的困境

205. 威廉·奥斯勒的名言是："医学实践的弊端在于：历史洞察的贫乏，科学与人文的断裂，技术进步与人道主义的疏离。"

所谓伟人最令人羡慕的是他们的洞察力和判断力，早在一百年前奥斯勒就能有如此高的见解，除了折服便是敬仰。（邓姗）

206. 医学总是在其他科学的前拉后推下"爬行"。医学的发展、医生的技能远远滞后于疾病的发生和发展。

207. 卢梭：我觉得人类的各种知识中，最有用而最不完备的，就是关于人类自身的知识。

哲学家总是能站在很高的空中俯视人类，然后用最简短但不能更准确的词来描述人类。他们拥有并不属于超然于人类之外的灵魂和人类无法企及的智慧，他们或许就是那个无所不能的所在派向世俗凡间的使者，只可惜并非所有的人都能明白他们的语言。（王姝）

208. 医学有很大的局限性——医学的特点是研究人类自身，而人类自身的未知数最多；医学有很大的风险性——医疗的特点是在活的人体上施行诊断和治疗。

209. 也许我们不缺乏相应的知识和技术，或者我们太看重知识和技术了，而职业洞察、职业智慧和职业精神则相形见绌或者空泛而苍白。

210. 医生彷徨于科学技术与公益功利之间，求索如何救赎仁爱的诺亚方舟。

211. "包治百病"肯定是谎言！什么都能治，就意味着什么都不能治；没有任何不良反应，就意味着没有作用。

医生的道德修养

212. 医生本身在疾病的诊疗过程中，也是在磨炼我们，我们要辨清好的、坏的、善的、恶的、美的、丑的。

213. 医生的美德与价值体现在：克己、利人、同情、正直。

郎大夫总结的这四个词、八个字无不与"品性"有关，学医者并不只崇尚技术，更多是"品"和"性"的磨炼，保持善良和公正之心有时比习得一种尖端技术更难。（邓姗）

两千多年前，在巫医、庙宇医学、僧侣医学为主导的医学的蛮荒之地，在西方医学的"创世"之时，希波克拉底给出了最完善的医学道德和优秀医生应具备的素养：医生应该是苏格拉底式的哲学家，应该具有哲学家的全部最好的品质，大公无私、谦虚、高贵的外表、严肃、冷静的判断、沉着、果断，具备必要的知识、思辨能力、不迷信。精练之下，恰是如上八字箴言：克己、利人、同情、正直。经历千年世事更迭，"完美医师"标准却是亘古不变。（王姝）

214. 做医生要有：仁性（仁心、仁术，爱人、爱业）、悟性（反省、思索、推论、演绎）、理性（冷静、沉稳、客观、循证）、灵性（随机、应变、技巧、创新）。

215. 避免知识傲慢、技术傲慢、金钱傲慢、权力傲慢，做一个正直的医生。

名医，顾名思义，有名气的医生；"明医"，明明白白的医生，明白要做什么，更明白为什么要做，做了什么会给患者带来什么。对这两个词语的解释，《现代汉语词典》中是找不到的。这是我的理解，很直白，有点拗口，不一定对，拙见。

名医不一定是"明医"，但"明医"应该是名医。而社会所要求的名医本来就应该先是"明医"，只可惜，身处逐利、浮躁、科学素养还需极大提升的社会氛围中，或许，非"明医"的名医更吃得开、吃得香。然而，患者可以不明白，悬壶济世的医者似乎不应揣着明白装糊涂。

当我每次看到老师那张堆满了书、几乎无从下脚的办公室照片时，总是感慨连连，多数名医，真的就是"明医"吗？名医，易；"明医"，难。

当我们不再像做买卖那样用名医的幌子去吆喝、去招揽病患，当公众愿意也能够与"明医"深度、平等交流之时，我们的社会是否就更为成熟了呢？（李志刚）

傲慢、吹嘘的，从来不是真的"大家"。有容乃大，无欲则刚。（邓姗）

一个正直的医生必须避免金钱傲慢、权力傲慢，这很容易普遍理解和接受。但老师说仅仅这样是不够的，还应该避免知识傲慢和技术傲慢。倘若没有虚怀若谷，很难做到这一点，这往往是知识分子的通病，唯有不断自勉。（戴毅）

216．一个人一旦成了我的病人（请注意：我的病人），那我便应该关爱她、体恤她、帮助她，甚至谦让她；为她悉心诊治，周到照顾，全面考虑她的一切：精神的、心理的、身体的、家庭的……我看重医生这个职业，我尊崇这个职业，毫不计较，无怨无悔。这就是我的哲学，我的信条。

跟郎大夫出门诊，最受感动的方面之一就是郎老师对他的每个患者，在诊治过程中，不仅考虑患者的疾病，而且关心患者的精神状态、未来的生活计划、疾病诊治对家庭的影响等各个方面。（李玲）

《大医精诚》和希波克拉底宣言也都如是说。难在躬身实践、表里如一、克己利人、虚怀若谷。在这样的理想境界里面才能产生独立精绝的人文和功业。（李雷）

217．科学家也许更多地付诸理智，艺术家也许更多地倾注感情，而医生则必须集冷静的理智和热烈的感情于一身。

218．那些非医疗因素不是医疗活动中正常的、必要的经济考虑，而是不正常的、不应该的利益惦记。

219．医生无论如何都不能既是救死扶伤的天使，又是辛苦恣睢的商人。

220. 医德和名誉不仅在于营造，也在于维系。

221. 良相与良医——良相不必老实，而良医必须老实。

这里想起另一句话："医学体现着社会的精神道德底线，医生、公众与社会都应该维护它。""底线"二字，何其沉重，何堪担负！但也得担负，担负的是生命，是良心！（王姝）

医生的职业修炼

222. 如果说，外科解剖刀就是剑，那么外科大夫就要把自己的生命精华都调动起来，倾力锻造，像干将、莫邪一样，把自己熔铸进这把剑里……

医生这个职业面对最为珍贵的健康和只有一次的生命，具有挑战性。因此严格的二线历练是医生成长过程中的必经之路。常常在经历白天8小时的手术，抢救后还要值班工作24小时，每逢32小时上班后最迫切的是电话关机，与世隔绝，卧倒休息，这样才能确保第二天又活力满满地站在晨交班会上。半年之后这种"恶魔"般的值班足以让人"黑白颠倒"，甚至"痛不欲生"。正是在战胜死神的成就感和老师另一段箴言的激励下完成了这一年的历练——我觉得自己就像一块铁，注定要经历千锤百炼，直至死去。命运会把我们丢进熊熊的洪炉中，然后再提出来，在我们身上不断锤击，接着投入冰水中淬火，喷出哭泣的蒸汽；然后又是重新冶炼，又是翻来覆去地锤击，又是淬火，再又轻松地吐出一口气……要百炼成钢，总要如此历练，不要寻求安逸！（王宏）

223. 只有从医学本质上修炼,才能真正提升我们的职业洞察、职业智慧和职业精神。

224. 医生必须有整体的眼光与宁静的心灵。临床工作三条基线是:心路清晰、心地善良、心灵平静。

这是我们后辈奉为终生职业追求的最理想状态,为医者,不同于其他职业,没有清醒的认识、渊博的知识、丰富的经验、睿智的判断和整体的眼光,就无法做到心路清晰。有了清晰的心路也就有了正确的方向,但要想达到目标还需要有平静的心灵,不急躁、不功利才可一心笃定,离目标越来越近,而在我们追随探索的过程中,只有善良的心地能指引我们,不断地修正我们的行为,离真理越来越近。做到"三心"需要穷其一生来不断领悟、修行和完善。(孙智晶)

这是老师在教育后辈医生时最常引用的话,他说这句话来源于美国医学教育家威廉·奥斯勒。个人理解,对于医生而言,心地善良、悲天悯人是必需的,是基本的要求。随着从医经验的积累,在疑难复杂的病情面前保持心路清晰似乎也是可以做到的。做到心灵平静,需要很好地修炼,尤其在当今并不乐观的医疗环境下。当你千辛万苦地为病人着想,但却可能会因治疗效果不理想而招致官司;当你兢兢业业地工作,却或许会听见同行医生被砍被杀的消息;当你诚实本分地工作,却可能会被公众认为是红包回扣的化身;遭遇上述这些情况,沮丧一定是有的,心灵就会很难平静。好在我始终相信,大千世界,人物万千,世界上还是好人、思想更正常的人多一些。(谭先杰)

这是一个伟大的时代,同时也是一个高速的发展带来物欲膨胀、个性张扬的时代。太多负面的事件的发生,不断地侵蚀着我们从医的信念和理想。所幸有郎大夫和他的文字,像一盏迷雾中的明灯,总是在迷惘、困惑、摇摆的时候,为我们指引方向。唯有坚守善良、维护平静才能摒弃杂念,保持清晰的心路。(戴毅)

与戴毅博士

225. 医生——是在拯救病患中磨炼自己灵魂的高尚职业,包括各种难治的病,各种难处的人。

治病易,医人难。若说治疗病痛考验的是医生的技术能力,那么医好病人则要求的是医生的内在操守。蚌为了不让沙砾挫伤自己,选择将沙砾润养,最终成为珍珠。医者亦要有这样的才能与修行。治疗病痛,包容病人,在为人疗伤的过程中塑造自我。

协和妇产科是全国妇产科第一名,因此协和妇产科总是接待各个地方医院送过来的疑难杂症,老师作为协和妇产科的老主任、老专家,总是接待这些从未见过的疑难杂症,而作为跟着老师出门诊的我们就可以目睹老师在处理各种疑难杂症时的风采。令我印象最深的就是各种生殖道的修整问题,从青春期(阴道闭锁)、生育期(分娩裂伤)到绝经期

（子宫脱垂），老师总能想出最佳的处理方案，既美观又治病。在如此疑难杂症聚集的门诊，自然而然就会遇到各种难处的病人（也许患病久了，人也就变得难处了，例如各种原因引起的盆腔慢性疼痛），但无论来时是否阴云满面，离开郎大夫的诊室时，总能一扫阴霾，笑脸告别。我们做学生的都深深感慨：医生是在这份高尚的职业中解除患者的痛楚，也在拯救患者中得以磨炼自己的灵魂。（杨华）

226. 医生应该是一个细心的观察者、耐心的倾听者和敏锐的交谈者。

老师的这句话，成为我一篇关于医患交流的文章的主题内容。在那篇《医生为病人服务的第一界面是尊重》的文章中，我对老师的这句话进行了如下引申。

进行一场专注的交流

眼睛是心灵的窗户，人的所思所想、喜怒哀乐都体现在眼神中。有的医生（尤其是一些年资较低需要自己写病历的医生）工作量太大，有时候只顾埋头写记录，询问病情中都顾不上抬头看患者一眼。尽管作为医生，是出于尽可能为更多患者服务的无奈之举，但作为患者，则会有被忽视或轻视的感觉。有人说，目光交流是面对面交流的精髓！

接诊过程中除非特别需要，我不会接听电话。如果是病房或手术室的紧急电话，我会先向病人简短道歉，然后尽可能迅速结束通话。我不会在病人面前讨论周末出游、买房买车、基金股票（所幸没有理财观念）等问题。因为我清楚，如果饶有兴致地长时间接听这类电话，回头和病人讨论病情表现出仓促和不耐烦，病人就会觉得自己没有受到重视，远远不如电话中的话题让医生专注和感兴趣！

优先讨论重要的问题

简短问候之后，与很多医生一样，我的第一个问题就是"您哪儿不好？"或者"您哪儿不舒服？"患者的回答正是病历记录中的患者主诉，即患者这次就诊希望解决的主要问题。遗憾的是，有些医生询问病史的时候采取的还是查户口方式。例如，在接诊妇产科病人时，边问边记录患者姓名、年龄、孕产次、避孕方式、末次月经等。这些问题对于疾病的诊断和治疗不是不重要，但可以留出空当，稍后再问。

我们可以设想一下，病人千里迢迢、排队挂号、排队候诊，终于见到医生后，第一想法是什么？当然是想告诉医生自己的病情、希望得到明确的诊断和有效的治疗！如果按病历记录需要的顺序询问而总不进入正题，患者可能会逐渐急躁。而且在患者看来，有些信息对于诊断并不重要，也不想让人知道。因此，优先关注患者的主要诉求，再选择时机补充询问基本资料，是对患者就诊目的的尊重——是来看病的，不是来受审的。

避免不堪和隐私泄露

患者的很多资料都是属于隐私，尤其在妇产科、男性学、心理医学科，很多信息涉及个人生活、性和感情，是极端隐秘的，患者一辈子都不愿意与旁人甚至亲人提起，但出于诊治疾病的需要和对医生的信任，毫无保留地告诉医生。医生没有权力故意或无意泄露患者隐私。我曾经写过一篇探讨医学科普与隐私保护的文章，说的就是医学科普要注意对患者隐私的保护。实际上，在门诊与病人的交流中，也要保护患者的隐私，尊重患者的历史。妇科门诊中对不孕患者的接诊可以说明这个问题。

在接诊不孕患者时，我们需要知道她以前是否怀过孕，这涉及原发性不孕（从来没有怀过孕）与继发性不孕的鉴别诊断。如果需要，可让陪同她的男性暂时回避。如果伴侣回避后患者说怀过孕但与目前伴侣没有关系，我会询问能否在病历本上如实记录怀孕次数。如果患者回答为否，我会在孕次一栏用某种方式标记。有时患者不让伴侣回避，但随后独自返回告诉真实情况。实际上，从患者回答问题时的犹豫中我通常已经知晓答案，但不必说破。每个人都有历史，不能因为看一次病而毁掉一个家庭。我要尊重的，首先是我服务的患者，其次才是她的伴侣，也算两利相权取其重吧。（谭先杰）

227. 缺乏共鸣或者同情，应该被看作与技术不够一样的无能力的表现。

郎大夫的门诊里大多是全国各地的疑难病例，天南海北的患者操着各地方言。郎大夫经常模仿患者的口音与其交谈，使不少病人以为郎大夫是自己的同乡。也有被"识破"的时候，大家哈哈一笑，很开心。从前跟门诊时对此并未在意，只觉老师很幽默。现在自己工作了，才慢慢体味出其中的深意与睿智。

面对疾病，病人和医生的知识是不对等的。作为病人，多数是被动而无助的，突然被告知患病，知之甚少，只能求助于医生。把生命托付于素不相识的医生，只身一人躺在陌生的手术室，是有些无奈的，更是需要勇气的。面对如此信任，作为医者，向病人解释得了什么病、为什么要治疗、要怎么治疗、治疗的过程中可能遇到什么问题和风险是最基本的对人的尊重。能用通俗易懂的语言、在融洽放松的环境中让患者接受和面对疾病，和医生一起努力战胜疾病，是关爱的传递，是人与人之间善良的表达，是医生的职责所在。

郎大夫说过："医生最重要的是善良和友善。"让善良和友善自然流露，通过观察、倾听和交谈，和病人产生共鸣和共情。（李晓川）

228. 对待病人的 ABCD 原则：Attitude（态度），Behavior（行为），Compassion（同情），Dialogue（对话）。只有在病床边才能重新发现尊严。

229. 人们说医生的工作是最干净的：洁白的衣帽、严实的口罩、消毒的手套……但他却要和血、脓、病菌、癌瘤……打交道。唯其如此，才最需要干净。

230. 上台容易，下台难。一位成熟的外科大夫，要有明智的策略如何上台，也要有更明智的策略如何能下得了台，如何应对意外和险情，甚至何时适可而止。外科大夫与为官者不同，后者为下台懊恼沮丧，而前者为下台欢欣鼓舞。

231. 林巧稚大夫说过，街上的鞋匠，经过训练也可以完成一个手术，但他当不了大夫。

232. 匠人好做，大夫难当。

233. 医生工作繁忙、杂乱、复杂、多变。要努力实践，不断积累。不能只看不做，只做不想，只想不悟。要认真细致，反复思味，总结提高，这样才能有量到质的飞跃。

当医生，每天都是那么忙碌，从早晨 8 点查房开始，到晚上最后一台手术结束，面对着不同的疾病，也面对着不同的患者。面对不同的疾病、相同疾病的不同阶段甚至相同疾病相同阶段的不同表现，我们从中观察、分析、辨别、归纳、总结。唯其如此，才能逐渐做到临危不乱，从容应对。唯其如此，才能举一反三、通情达理。通的是患者的病情、内情，达的是医理、病理。唯其如此，才能不疲于应付，而是像郎大夫常说的那样："知之、为之、乐之。"（吕昌帅）

234. 在医生的从医生涯中，科研仍然是非常重要的，所谓医疗是主体，科研、教学是翅膀，只有翅膀坚硬才能高飞远翔。

郎大夫从来不会因为一个学生的实验无关临床而觉得无足轻重。只要有时间，老师很愿意参与到学生的实验中去。记忆中，读博最后一年是做猪的动物实验。每每老师和大家一起，在动物房的地下一层，挥汗如雨，探寻手术入路。猪的结构和人类完全不同，手术常常走至无路，转而柳暗花明，其中乐趣，尽得心中。每次手术结束，学生们叽叽喳喳如释重负，商议如何大吃一顿，缓解疲劳，可没想到老师已经在办公室里写好了猪的解剖特点和手术要领。至今想起，仍为老师的这种专注精密的专业精神所折服！（周慧梅）

与吕昌帅博士

与周慧梅博士

235. 临床医学要实施"四化":规范化、个体化、人性化、微创化,以规范化为引领。临床医学要贯彻"四学":人文医学、循证医学、价值医学、转化医学,以人文医学为带动。

236. 临床医生要正确对待、正确理解、正确认识、正确应用新技术、新药物、新方法。始终把对病人的关爱放在第一位,始终把临床实践放在第一位。

237. 人性化还包括减少损伤,保护生理机能,保护器官功能,保护生育功能,保护精神心理健康。简言之,保护生命、保护生命质量!

238. 我们不能保证治疗好每一个病人,但我们保证好好治疗每一个病人。

能不能治疗好每一个病人是能力问题(包括医学作为一个整体的能力),能不能好好治疗每一个病人是态度问题。很多时候,态度比能力更重要。(李玲)

医生的乐与趣

239. 做医生还要有三个趣:乐趣,兴趣,情趣。

我们眼中的郎大夫,永远是匆忙却又从容的长者。说匆忙,是说他日理万机、行医、科研、带教、科务、院事、学会、媒体、社会……在每个领域都有令人钦佩的成就。说从容,是说他永远是一种平和而淡定的形色与神情,犹如坐帐中军的元帅,一切尽在掌握中。老师说,做医生要有乐趣、兴趣、情趣。窃以为,老师能够匆忙而又从容,正是因为他践行了此三趣。

郎大夫是一个把工作当成乐趣的人，譬如手术，无论复杂抑或简单，他都把它当成一个作品，从未厌烦、倦怠，总会精神抖擞，乐此不疲。他下手术台后，并不马上走，而是到旁边手术间看看下属们的手术，通常并不说话，颔首微笑，乐在其中。

郎大夫也是个对知识饱含兴趣的人，每有新的理论、知识、技术，他都饶有兴味地钻研一番，协和妇科在此方面总能够领全院风气之先，与他的这种习惯极为有关。专业之外，他的兴趣也极为广泛，佛学、哲学、文学……他都有涉猎，造诣匪浅。

他更是一个富有情趣的人，工作与生活中充满了艺术味与禅意。他喜欢收集铃铛，每到一地，必访铃踪，将办公室营造成了风格独具的铃之屋，来访者未见其人，先闻其铃声，清脆怡人，心气为之一平。老师嗜书善画，寥寥几笔，一尊佛像跃然纸上，慈悲神秘，令人冥想；得气运腕，挥毫泼墨，这已经成为妇产科学术会议上一道独特的风景，为刻板的学术会议平添了艺术之趣。

大哉吾师，乐趣、兴趣、情趣，铮乎其言，诚乎其行。（蒋芳）

与蒋芳博士

240. 医生的情趣、修养、状态和追求，是其生活和工作的元素和动力。

做一个医生，特别是一个手握手术刀决定人生死的医生，面对众多病员以及信任缺位的医患环境，压力确实很大。长期承担这种高强度的体力和脑力负荷，人不免会像一台日久失修的机器，逐渐阻滞效率、失去效能，甚而埋下安全隐患。所以需培养一个专业之外的兴趣，在充满乐趣中去积极地换换脑筋，释放压力，消极地休息；脑细胞活跃度增加，学习能力也会随之提高。久而久之，在这种兴致勃勃的生活态度的潜移默化之下，甚或改变人的性情，也会有助于人际融洽、医患和谐吧。（王立杰）

与王立杰博士

241. 文学的情感、音乐的梦幻、诗歌的意境、书画的神韵，都会给医生疲惫的头脑和枯燥的生活带来清醒和灵性。

老师兴趣爱好广泛，学生时代是"文艺青年"，主办刊物，写了很多诗，又喜欢摄影和音乐。他办公室曾经放了一张在挪威某个湖边拍摄的照片，题目为《是黄昏还是清晨》，的确很难猜出答案。

老师办公室的电脑中总是播放着轻音乐,他办公室有很多非专业的杂书,他说他每个月都要到三联书店购书……也许,这些就是即使工作很繁忙,老师却总是精力旺盛的原因吧。

颇为得意的是,2009年我曾抄录了老师的这段话作为书法作品参展,获得了中国医师协会妇产科学分会年会的书画比赛一等奖。(谭先杰)

242. 美国《读者文摘》办过一次"在这世界上谁最快乐"的有奖征文,其最佳答案有三个:一、经历风险开刀后,终于挽救了危急患者生命的医生;二、忙碌了一天,为婴儿洗澡的母亲;三、作画完成,吹着口哨欣赏自己作品的艺术家。医生的甘苦能为人所知、所理解,足矣!

记得在读郎大夫博士生期间,遇到老师的第一个"非专业"提问就是"在这世界上谁最快乐"?当时冥思苦想,不得其解;得到答案,也不甚以为然。当数年之后自己身为人母后,当数年之后从一场惊心动魄的抢救后松口气时,当数年之后从复杂困难持续数小时的手术台上走下来时,才切身体会到那种深入骨髓的满足和充满于全身血液中的幸福!(王宏)

医学与绘画

243. 绘图表达了外科医生的解剖概念和精确技术,绘图也是形象思维的最好训练和表现。

244. 医学绘图四阶段:想、看、摹、画。想者,是"日间练武,夜间习文",回顾、"反刍"检查手术过程,构成形象概念。看者,一是看现场手术；二是看手术解剖图谱，思索解剖与手术；三是看绘画作品，体察绘画意境、熏陶艺术品质。摹者，是鉴赏，是临摹描绘，并根据专业观察体验，形成自己的构想。画者，就是解剖熟了，观念形成了，画法掌握了，表达裕如了。

245. 医学画家奈特说阐明主题的绘图的根本目的和最高标准是：作为医学艺术作品，不管绘制过程多么美好、多么有技巧，如果不能阐明其医学观点，就将失去价值。

医学与科普

246. 我们常常疏于隐蔽，我们常常碍于羞耻。——所谓保健及科普，除了宣传知识以外，还要摒弃羞怯、隐瞒和迷信，才能做到有效预防、及早发现和及时治疗。

我给女性做科普宣传时经常用到老师的这句话，特别是讲外阴部位的癌症的时候，我会说很多外阴癌都发生在老年妇女身上，很多时候诊断时已经是晚期。主要的原因就在于这些老奶奶们在身体最隐秘的部位得了病之后，羞于对儿女提起，或者即使儿女问起，也闪烁其词，甚至自己去找一些偏方土法进行治疗，等实在扛不住了才到医院，为时已晚！（谭先杰）

247. 医生要好好讲故事，讲好故事。为了公众，为了病人，也为了医学。

转眼已经毕业七年，记忆中最难忘的即是跟着郎大夫周四下午出门诊的日子。当老师翻开厚厚的病历，从第一页起，一边复习病史经过，间或穿插一些病历写作者的逸闻趣事，这些病历的写作者大半现已是德高望重的前辈或是供职国外医院多年。本来枯燥和刻板的病史复习，瞬间乐趣无限。不仅听来生动，而且主线清晰，同去的弟子们获益匪浅，真是充分感受到了郎大夫寓教于乐的风格。会讲故事的确是一种能力，将科普知识以讲故事的方式传播给大众，更是一种悦己利他的本事。（周慧梅）

  郎大夫的科普文章为人熟知，他更是把科普意识融入到日常的诊疗行为，自然而然，随时随地。下面讲一个我上博士研究生期间跟郎大夫出门诊时发生的小故事。一位已经生过孩子的患者，最近常规体检时，B超检查发现子宫上有个直径约2厘米的子宫肌瘤。尽管没有任何不适的症状，但她仍然很紧张，询问："要不要做手术，要不要切除子宫？""会不会变成癌？""要不要吃点药？"在解释病情的时候，老师用了那句我们已经很熟悉的话："首先，子宫肌瘤是良性病，恶变的概率很低（<0.5%），这个病很普遍，平均四至五例育龄妇女中就有一例患子宫肌瘤，就像脸上长了一个疙瘩那么寻常。其中有些人需要手术治疗（涉及手术指征的问题），但常见的情况每年随诊就可以，不用过于忧虑。"

  如今人们的医疗保健意识明显增强，像上述因为常规体检发现"问题"的患者越来越多。通过常规例行体检发现早期病变或某些症状隐匿的疾病，以便得到及时、恰当的治疗，将疾病对人体的影响和损害降至最低，这是医学发展最根本目标之一。然而，事情的另一面是过度治疗，常见的例如对一些轻度良性疾病过于积极的手术治疗，不恰当地扩大手术范围，不合理使用抗生素等。对此，郎大夫在门诊对顾虑满腹的患者常说的一句话是："有近一半的病是医生给的。"关于子宫肌瘤，他也常引用英国著名妇科学家邦尼（Bonny）的名言："为了半打纯属良性的肿瘤而切除年轻妇女的子宫，不啻为一次外科手术的彻底失败。"类似这些语言，与其说是在给困惑焦虑的患者解释病情和治疗方案，不如说是在进行常见病、多发病的科普宣教，患者在就诊结束时明确的不仅是自己的状况，还有关于这种疾病的基本医学知识。毕竟仅仅拿着一张处方和对疾病有所了解的感觉是大不相同的，这种"了解"消除了人们莫名的恐惧和无所适从。走出诊室时，让病人平静下来的恐怕不仅是医生作为"权威者"的意见和承诺，很大程度上也源于人们对身体、对疾病有所了解而带来的内心的踏实。（王姝）

248. 《奇特的一生》中说，如果他仅仅是一个好医生，那他就不可能是一个好医生。

这是老师关于医生开展医学科普重要性的论述，就是说仅仅满足于做个好的临床医生还是不够的，还应该想得更多，做得更多。

我最初知道这句话，是郎大夫为我的医学科普图书《子宫情事》作序，他在文中写道："有位医学哲人说，你仅仅是个好医生，就不是个好医生。"后来，我在老师的《一个医生的故事》的一篇文章《令人感动的科普效应》中也看到了这句话，谈的是林巧稚大夫当年如何指导他做科普。

我当时大胆地猜测，这位"医学哲人"多半就是老师本人，只是换种口气说起来顺畅些而已。原来，这是《奇特的一生》中的话语，老师已经说过了。（谭先杰）

249. 科普创作是一项职业本领和一种社会责任。

正如那句话："把信息转化为影响力！"（邓姗）

老师作为中国科普作家协会副主席，在很多场合可能都讲过这句关于科普重要性的话，但我却很幸运地得到了这句话的纸质版。

2013年冬，我和向阳教授编写了一本《协和名医谈妇科肿瘤》，老师欣然作序，按出版社要求，序的长短不能超过一页。没想到，三天后，老师打电话说关于书的序还有一些言犹未尽之处，故又写了一篇《医生的职业良知和社会责任》的序后随想，让我去取。

在文章中，老师回顾了北京协和医院妇产科的科普创作历史，几乎收录了协和妇产科自创办以来所有重要科普书籍名录。然后，老师写道："我们可以说，学术发展与科学普及是相互促进、相互转化的。也可以说，'在提高指导下普及，在普及基础上提高'。在科普工作中，我们可以发现公众亟待解决的困惑和问题，以启发学术研究，临床的或基础的；学术研究及其结果可以更好地在公众和社会中加以应用和推广，并保证其科学性、可靠性、先进性，特别是新理念、新技术，使公众受益，乃为医学的民生意义。一种疾病，如肿瘤的医学对策，包括筛查、预防、诊断（特别是早期诊断）和治疗（特别是早期治疗）四个范畴，可谓'四环医学'交叉集聚、相互连锁，构成'防治链'。其中任何一项几乎都有科学普及的任务和作用，所以科普也是这一'防治链'的组成部分，更是一个'黏合剂'。

"科普工作的另一个重要使命是与迷信和愚昧做斗争。如果说从前的几十年主要问题是愚昧与封建迷信的旧传统、旧风俗、旧习惯及落后意识起主要'负能量'作用，而近年，则有各种各样的新旗号、新招牌、'新技术'、奇异歪招、土洋新秀充斥于世，招摇撞骗，蛊惑于民；各种各样的'大仙''神医'丛生，人们趋之若鹜，而深受其害。可谓不科学的、反科学的、伪科学的宣传，比不宣传更加有害！因此，宣传阵地、媒体平台，科学不去占领，杂草、毒草便会滋生，和反科学、伪

科学做斗争显然是科学家的良知和责任。"（谭先杰）

250. 关于科普：写科普作品，要讲究文字素养，也要有一个好的文风（既要讲究文字，也要讲究素养）。

关于科普，尤其是网络科普，我认为有以下几方面需要讲究一点，关于文字，更关于素养。

第一，维护医生个人形象。医生是受过高级教育的知识分子，不是地痞流氓，需要理性思考。可以适当用网络流行词调节气氛，但不宜满嘴脏话和言辞偏激，尽管后者更容易引起关注。在任何网络盛况或所谓的"网红"之时，也要保持清醒、守节有度。我曾这样回应中央电视台关于微博伦理底线的提问：群众不造谣，官媒不说谎，显摆要有度，争吵不骂娘。我认为，这也是普通网民的底线。

第二，注意保护患者隐私。医生的很多故事都与患者有关，无论是医学科普还是从医经历，都可能涉及患者隐私。有一段时间某些医生大V频频发布患者故事，而且用的是调侃和嘲讽口气。在我应邀写的《微博时代的医学科普与患者隐私保护》一文中，曾提出八点建议。这些建议是：态度端正，语气恰当；选题慎重，征求同意；处理图片，移花接木；慎选平台，隐私优先。

第三，维护医疗行业形象。医生是医疗行业的一员，当整个行业都被舆论扭曲时，个体很难独善其身，所谓个人品牌，亦是空谈。所以，对于涉医的热点事件，尤其是被个别不良媒体歪曲的事件，应以理性的立场，摆事实讲道理，发出自己的声音。例如贵阳护士耳光门、八毛门和缝肛门、天津奶粉事件、湘潭产妇羊水栓塞事件等，我都曾"顶风发声"，尽自己微薄之力试图消除人们对医护的误解。（谭先杰）

郎大夫的科普作品一向文笔优雅，文思细腻。例如这一句："正像列车在转弯时要经历一番颠簸一样，度过了……恢复了平稳和协调，前面又是坦荡的路。"

最初看到这句话，是在郎大夫数十年前出版的一套《妇女科学文丛——女人的一生》里，现在已不容易买到。2009年中国妇女出版社将其重新整理出版成了《郎景和谈女性健康》一书。当时恰好有幸参与新书的校对工作。期间，不禁感慨于这套科学小品集，内容上涵盖了妇女从婴幼儿到老年各个年龄段的生理知识和常见疾病的基本常识，科学语言既精炼准确又通俗易懂，文字练达优美，风格轻松明快。时时很难想象这是出自一位从医四十余年，整日与疑难杂症交锋，看惯毒瘤病魔横行的医界泰斗。字里行间没有深谙人事的灰暗色调，更没有慨叹世事无常的悲观论点，也完全感受不到通常教育者、训诫者高居讲台时惯常营造的严肃紧张气氛。在我读这套书的过程中，有个问题一直如影随形：为什么他可以这样讲述，如此表达？直到接近书的结尾，最后一个章节（关于绝经），有这么一句话似乎突然点醒迷中人："正像列车在转弯时要经历颠簸一样，度过了……恢复了平稳和协调，前面又是坦荡的路。"这是一位永远热爱生活、心怀坦荡、通达洒脱的人，用他关爱生命的温热之心来娓娓讲述生命的奥秘，用他体恤他人的细腻情感来传播医学科学的助人之道，在平复病伤的身体和心灵，更是找还医学科学的艺术和仁术本源。（王姝）

医学与传承

251. 美国医学史家西格里斯特：如果不是活着的艺术家不断重演巴赫和莫扎特的旋律，两位大师就永远地死了。如果没有平常的医生每天贯彻执行巴斯德和科赫的学说，两位大师的平生事业也就白费了。我

们当然要感谢这些医学大师们，也应该感谢无数无名医生。他们用无私的、默默的行动，履行了伟大医生们的教导。

252. 一所医院、一位医生，将用历史和毕生在病案中书写对医学、对病人、对生命的敬畏，这也是医疗过程中最真实的感验和庄严的仪式。

医与患

253. 医生对病人的同情不是用眼泪，而是用心血。

医为仁人之术，必具仁人之心。每个立志学医并坚持下来的人都是内心柔软的人，有对苦痛之人的恻隐之心、愿助其康愈的侠义之志，所以选择在这繁华热闹、光鲜美妙的世界上，去贴近患病者的痛苦，了解并努力帮助他们克服病痛，找回健康。医者父母心，面对患者的痛苦，医生自然会有体恤同情之心，此为人之常情。但不同于常人的是，医生努力钻研医术、细致考察病因、精心设计诊疗的科学头脑、理智判断以及为这项事业投入的毕生心血，以此来表达他们对病弱的同情、抚平他们在亲历目睹无数病痛后心灵的震颤、换来面对生死时内心的安宁与从容。（狄文）

老师这句话太有哲理。医生需要同情和体恤病人，需要用知识和技术，需要用心血，态度很重要，但远远不够。病人需要医生强有力的支持，即使情况再糟糕，病人也希望医生冷静和淡定。如果医生采取流眼泪的办法来同情患者，患者和家属会崩溃和绝望！

我以为，医生不能用眼泪同情病人的另外一个原因，是除了这个病人之外，还有下一个病人在等着，还有下一台手术需要医生去完成，过多的眼泪会干扰理智的判断。（谭先杰）

254. 孩子再年少，医生也要像对老人那样尊重他；老人再年长，医生也要像对孩子那样关照他。

这段话让我想起一个"卵巢早衰"的患者。她来协和看门诊时刚36岁，卵巢却已经停止工作。还没来得及有一个自己的孩子，各种绝经期的问题却已向她涌来，工作因为情绪焦躁颇受影响，丈夫也有了外遇。家庭、工作、生活全都风雨飘摇、岌岌可危。当时我刚毕业，是协助教授负责问诊的小大夫，她对我没有任何隐瞒，包括她和丈夫的关系。在她看来，唯一能挽留丈夫的办法就是给他生个孩子，她把所有的积蓄都花在中医调理、试管婴儿上，但都没有成功。抱着最后一线希望来到协和，当我们的教授告诉她生育的希望非常渺茫时，她失声痛哭。当时尚未有太多生活和职业历练的我，确实有些惶惶不知所措，为她难过，却无力帮助她，甚至不知道如何安慰她。此后，看到郎大夫的这句话，掩藏在心里的惶惑才慢慢变得明晰。是医生这个职业赋予我这种几乎不能承受的生命之重：受人信任，她向你道出生活中最隐私的困窘；受人依赖，她向你显露身体最隐秘的苦楚；受人托付，她寄予你治愈病患，甚

与陈娜博士

至改变人生境遇的期望。年轻的医者在病人的信任中成长、成熟，自当勇敢地承担起这份托付，以感恩之心回哺病人。无论他年长年幼、无论他位高位卑，这一刻，他是病人，他需要关照。(陈娜)

255. 再年轻的医生，在病人眼里也是长者，他肯向你倾吐一切；再无能的医生，在病人眼里也是圣贤，他认为你可以解决一切。医生之难也就在这里。

本着尊重、善良的基本原则，以礼、以理相待，不卑不亢。作为年轻医生，不欺瞒、不逞强、不强势、不气馁，足矣。(邓姗)

老师这句话，道出了患者对医生"与生俱来"的信任，尤其是我们这些有幸在中国一流的医院工作的医生。在现今的医疗环境下，病人首先仍然是冲着庙——医生背后的医院来的。背靠北京协和医院这块金字招牌，即使水平再一般的医生，在"全国人民上协和"的患者眼中，也是专家。他们愿意将自己的隐私和痛苦，毫无保留地告诉医生。他们认为，到了协和，身上的疾病总有办法根除。

我们需要感谢和不辜负患者的信任。同时，也需要向患者及家属解释医学的局限性和不确定性，医生也有无能为力的时候，需要让患者理智地面对，而不是狂热地信任，后者同样是危险的。(谭先杰)

256. 医生要进入"角色"，要与病人的痛苦和欢乐完全"合拍"。

作为医生，我们依赖于医学的判断，而作为患者，她们往往只能依靠自身体验。小到一条简单的医嘱，大到一个复杂的手术，也许对于我们是每天例行的工作，但对于患者而言，都是涉及健康和生命的大事。学会换位思考，学会倾听，学会尊重每一位患者的感受，我们还有很长

的路要走。（俞梅）

每次轮转离开一个专业组的病房，都习惯与老病人告别，常常很不舍得。四至六个月的时间，这里的病人有的住了很久，阶段小结写了一遍又一遍，翘首盼来康复的希望；有的住一段又走一段，再回来；有的走了再也没回来；有的住进来再也没回去……相处久了，说话都像家里人一般随便和亲切。医患之间，首先是尊重，然后是真诚，之后才能有信任，最后就会产生感情。这个过程有时候并不需要很长。（张颖）

257. 林巧稚大夫说："有时，你把患者的病痛解除了，可是她并不幸福，你还要考虑到她的婚姻、家庭和孩子……"

那一年，一个21岁的姑娘，确诊宫颈癌Ib期，多家医院会诊，诊疗方案相同——需实施广泛全子宫切除术。还记得，这个姑娘战战兢兢地走进我的诊室时，眼神里充满绝望和恐惧。一个未婚未育的年轻姑娘，这个诊疗方案会毁了她一生的幸福。面对她，我犹豫了。维持原方案符合规范，安全无风险（对于她，也对于我）；尝试新方案却要冒相当的风险（同样对于她，也对于我）。为此，我给郎大夫去了电话："我想对她尝试保留生育功能的宫颈癌根治术，但是……"老师听出了我的犹豫，电话中他清晰而坚定地说："了解她的意愿，告诉她你们将共同面对的风险。有时候，子宫对于一个女性的意义甚至大于活着。她将来会有婚姻，也应该有孩子，至少可以有希望！"

手术很成功。姑娘康复了，不仅是身体，更是精气神儿。如今，当年的姑娘已为人母，坚持随访，肿瘤未曾复发。故事很简单，过程很揪心，但结局很完美。

"医生的一生中会面临无数抉择，我们和病人一样，也会犹豫，会彷徨，但请记得，如果把病人视同家人，然后，你会尊重她的意愿、考虑她的处境，你会坚定你的选择！"——感谢病人托付健康、托付幸福的信任；感谢恩师拨云见日的点拨和恳切温暖的鼓励！（狄文）

258. 张孝骞大夫说："病人是医生真心的老师！我们在临床工作中总是如临深渊、如履薄冰。"

259. 任何经验丰富的医生，都不可能亲身经历所有的疾病。经验是医生关心、体察和医治病人的结晶。医生的老师是病人。

在协和妇产科，听大教授们查房是很有收获的，有时也是很有趣的。针对相同的病例，X 教授的典型发言是这样的："我们以前就有过一个病人小 A，就是这个样子，用了这种药，结果……后来还有个病人老 B，也是这样的情况，结果……还有那个病人大 C……所以我觉得，我们不能……"而 Y 教授的典型发言是这样的："对于这个病，2012 年 WHO 的某研究做了……得出的结论是……2013 年 FIGO 的某研究做了……得出的结论是……2014 年 GOG 的最新研究是……所以我觉得……"

医学发展到今天，经历了从"经验医学"到"实验医学"、"循证医学"，再到"精准医学"的漫长过程，究竟医生应该遵循什么样的证据去给患者进行治疗呢？自然科学的突飞猛进，使得我们对很多疾病的了解越发深入，越来越多地发现了某些疾病特征性或共性的内容，因此，循证医学似乎更好地提炼了这些共性、找到某些可遵循的规律，功不可没。但是，人体又是复杂的、个体化的，临床医学是要站在病人床边的，它不只是数学、统计，不只是物理、生化，有时不完全靠所谓"科学"的客观数据和图表就能解决。即使在循证医学作为主导的今天，每一个医生在给患者做诊断和治疗决定的时候，都难以避免地会受其个人诊治经验的影响。因此，在实际给出诊治建议时会有不同的倾向性，难以绝对统一。事实上，对于某个患者而言，特别是某种疑难和复杂的疾病时，我们缺乏数据，甚至缺乏经验，无法给出准确无疑的回答。在这种时候，甚至需要医患协商、合作、摸索，形成新的经验、新的数据，是为自己争取机会，更是为后人积累财富。

作为医生，我们既要认真进行循证医学研究总结、深入挖掘疾病和人体共性规律、造福更广泛人群；同时又要重视医疗本身的原始对象——每个患者个体的实际诊疗经历，细致入微地进行临床观察记录。使得"循证"与"经验"完美地结合起来。

作为患者，在享受循证医学提供的漂亮数据和准确答案的同时，也要理解医学仍面临的诸多缺陷和未知，通过医患之间的信任、合作和扶助，共同面对病魔，让科学的药力在人性的温度中实现最佳发挥。(张颖)

260. 听诊器越来越高级了，但医生和病人离得越来越远了，医生成为操纵机器的技术专家。

想起了林巧稚大夫的那句话："临床大夫就是要走到病人床边去。"谨记林大夫的这句话，并且遵照执行，很大程度上就能避免成为操纵机器的技术工人。(李玲)

跟郎大夫出门诊，记得曾有一位其他科室的年轻大夫，带着一位咯血的患者来郎老师门诊会诊。按照惯例他简要汇报完病史，就赶忙将患者胸部CT拿出来。但此时，郎大夫礼貌地打断他，继续追问病史，着重于她咯血的特点，是否与月经相伴出现，以除外肺子宫内膜异位症。

其间这位年轻大夫数次掏出 CT 片子，郎大夫都用手轻轻一掩，将话题巧妙转回继续询问病史，直至满意。此时，他心中判断已有八九，这才挂起片子，阅片更像是对自己判断的验证。这一幕常常浮现在我脑海中，郎大夫是以自己的日常实践和自然而然的言行让学生领悟，临床大夫要重视患者的主诉，重视床旁的第一手资料，切忌"只看报告不看人"。（周星楠）

与周星楠博士

261. 患者是按照自身体验看待功能障碍或者问题的，医生是按照医学规律去审视病情和决定处理方案的。两者会有"沟壑"，应该努力弥平之。

关于医生和病人所说所想的差距，也有一个故事。姑且命题为"掉了肿瘤和手机，你会捡哪个？"

这也是在跟郎大夫出门诊时经历的事儿。这个病人，40多岁，坐下后没说两句就开始抹眼泪，平静下来才慢慢说清楚。她数月前早孕后药物流产一次，此后几个月阴道出血淋漓不尽，当地医院超声检查发现"宫腔内一个低回声团块，血流丰富"，首诊医生没有确诊，但怀疑妊娠滋养细胞肿瘤（一种与妊娠相关的恶性肿瘤）。郎大夫在问清病史后，做了妇科查体，认为妊娠滋养细胞肿瘤的可能性不大，而更可能是子宫黏膜下肌瘤。需要进行血清HCG（这种肿瘤的特异性血清学指标）检查，并复查盆腔超声。第二周的门诊，病人拿着B超报告单和化验结果来复诊，超声检查没有发现以前报告的子宫腔内的异常团块。这时病人才说，就在上次看病之后当晚，阴道排出了一团东西，之后阴道出血少了，B超也是此后才做的。当病人被问到当时有没有把排出的组织拿给大夫看，病人一脸茫然地说："没想着要捡它。"这时郎大夫面露笑容，说："哦，那掉的要是手机呢？""那肯定会捡嘛。""可这个组织块可能比手机重要！"因此，患者这次是没机会得到组织病理学的确切诊断啦，但所幸她的血清学指标正常，可暂时排除恶性肿瘤的可能性了，也算是有惊无险。

这段对话在当时听来有点好笑，但事后想想，觉得这个比喻还真是说明了不少问题。郎大夫曾在一本书里将"健康"定义为"生病时，回忆没病时的那种感觉"。是啊，我们常常在生病的时候才突然重视健康，而平时我们忙于工作生活甚至娱乐，难得想起抽出时间关注一下自己的身体。我们习惯于在饭馆门口为吃一顿饭而耐心排队，却常常在医院等候就诊的时候烦躁易怒；我们习惯于上网看明星八卦、购物，却很少有人去了解医学常识；我们可以常年忙碌或没那么忙碌，却抽不出半天的时间进行基本的常规体检；我们可以花很多钱买名牌时装，却不愿花很少的钱做癌症筛查化验。事实上，我们在健康上的微小投入，其回报可能是绝对超值的。法国经济学家皮埃尔·摩尼奇（Pierre Mormiche）对20世纪末法国医疗消费状况的调查显示：不同社会群体的就医次数差别不大，但质量差别却非常大。普通百姓阶层就医是为了治病，看医生往往是因为重病，住院更频繁；相反，"上层社会"的人看病通常是出于预防目的,他们更常去咨询专科医生,而最终总的医疗支出却是前者更多。当然,这个问题还事关社会公共卫生资源配置使用的比例问题,涉及医学以外的其他很多方面,不能简单论之。但至少值得引以为戒,引发我们对自身健康保健的关注。毕竟,维护健康,不仅是医生的事,不仅是在医院做的事,归根结底是我们每个人自己的事,是日常的事,是重要的事。(王姝)

262. 医生和病家的体验、感受以及思维路线、方法并不相同。当我们迷惑不解或苦思寻觅医学核心价值和医疗规则时,首先应该牢记的是"患者第一重要"!

263. 医生是按照医学规律去审视病情、决定处理方案的,更想减少复发和进展,但这常常是相对的;病人是按照自身体验看待功能障碍或者问题的,更想减少不良反应和痛苦,常常是绝对的。

这也是医患之间的关联和矛盾所在。所以现在要求医生从一般规律再细致深入个别体验,将"相对经验"再细致一点、再具体一点、再温暖一点,充分地围绕患者的功能障碍和医学问题开展工作,并且把相对经验通过知情同意等医学伦理的实践传递给患者信息、信心和诚信。这样来自"绝对经验"的戾气和不满可能会少一点,理解和合作也许会多一点。

这些做起来也许很难。忙碌的日常工作,重复的临床实践,僵化的医患沟通,慢慢就会把融通圆满的初心侵蚀消磨。别说考虑"绝对经验",连"相对经验"都会萎缩成单调无趣的私心成见。又该怎么办呢?

真知灼见之士,雄心壮志之徒,一定能战胜这种侵蚀和消磨的,从

单调中绽开价值，从无趣里释放自由。我不仅相信如此，也的确见人实践如此。（李雷）

264. 医生每天接触的是：病人的痛苦、呻吟、各种各样的难过和诉说。唯一能使医生激动和慰藉的是病人痊愈出院时那开心的一笑。

痛苦往往是相对的。对常人来说，很多经历的痛苦常常成为过往的回忆。对医者来说，解除患者疾病所致的精神苦楚和身体伤痛，却是他成就感和幸福感的恒久源泉。（戴毓欣）

老师的后一句话可以说已经成为支撑很多医生继续职业生涯的动力。病人出院时那真心的感激，能够抹去一天甚至一段时间的劳累、不快和憋屈。

作为妇科肿瘤医生，与那些整天讲成功学的成功人士相比，总觉得自己这一辈子过得有些窝囊，还需要等待幸福来敲门。而一到门诊和病房，看到那些晚期肿瘤病人，又觉得如星云大师讲的那样，自己已经很幸福了。

曾有人问起我，妇产科男医生整天看的都是女人的隐私部位，对美女还会有兴趣吗？我参照老师回答著名作家毕淑敏的话，做了这样的回答："穿上白大褂，走进诊室，我是医生，是中性人，那个环境和那个氛围下，不会有兴趣。因病就诊的女性，展现的是痛苦，说出的是不堪，寻求的是帮助，没有妩媚和撩人，医生眼中所见到的是疾病，是诊断，是治疗，没有杂念。但是，脱下白大褂，走到人群中，我是雄激素水平并不低落的普通男人。"因此，如果是鸟语有花香，柔情千万种，吹气香若兰……省略一万字，你懂的。

医生也是普通人，有痛苦，有欢乐，有血，有肉……医生不是天

使,而是俗人,给点阳光就灿烂。(谭先杰)

265. 从医生涯中,无论巅峰和低谷、受苦和犯错、喜悦和哀愁,只要和医学同步、同病人合拍,就一定会让光辉冲淡阴暗,让激励驱赶气馁。

要说学医有什么好处,从我个人认识的角度看,就是做人能够大气磅礴,安恬快乐。当然,也有人可以说,这不是自我安慰吗?但什么不是自我安慰呢?修身齐家治国平天下;为往圣继绝学,为万世开太平;背负赤裸的真理,面对丛生的险境,心平气和,那便是主权的至尊;恒心为义的,必得生命,追求邪恶的,必致死亡……哪一种不是安慰呢?(李雷)

266. 行医是个过程,医生一招一式,体现的是技术,更是内在品格。就医也是个过程,患者每时每刻,关注的是结果,更是内心感受。

267. 病人在医院里,应该在温馨的关怀中,而不是在冷漠的机器里,或者机械的程序上。

再讲一个郎大夫在门诊看病人的故事吧,"关心"的表达可能很简单,关键在于"有心"。——"下一次来北京,可以在衣服下面放个枕头,就有人让座位了。"

刘姓姑娘,26岁,患先天性宫颈发育不良。这种病因为子宫颈口未发育或发育不完全,而子宫腔发育正常,故月经血每月能产生但不能流出,经血积聚导致每月腹痛难忍,更无法完成生育。这种类型的生殖道发育异常非常少见,手术困难,术后保持人工再造的宫颈不再粘连更是困难,可以说是目前生殖道成形手术领域的世界性难题,绝大多数病人最终需要切除子宫。郎大夫给她做了宫颈成形手术，术后每月门诊复查经血流出均通畅。3个月之后，姑娘提出想试试怀孕。经过检查，郎大夫认为目前情况良好，正常的性生活是可以的，并鼓励她说有积极生育的想法是很好的。非常幸运，过了一个多月，小刘再次来门诊复查时竟然真的怀孕了。病人和大夫都很高兴，但又开始共同面对新的问题。正常的宫颈内口是紧闭的，在怀孕的过程中也能够适应和承担子宫增大引起的牵张力以及胎儿、羊水带来的压力，而始终保持关闭状态。但像小刘这样人工形成的宫颈能否完成这样的功能，能否避免由于宫颈提早扩张引起的流产和早产呢？对于这样特殊的病人，一次妊娠来之不易。说到下次复诊时，郎大夫问病人怎么来京的？答说："坐长途汽车。""可以坐上座位吧？""有时人多就不行了。""有人让座位吗？""别人看不出来呢！""那下一次来北京，在衣服下面放个枕头，就有人让座位了。"周围的人都笑了。

在郎大夫的诊疗程序里，常常可以感觉到他为病人的考虑细致入微又实实在在。我们常说现代医疗生物—心理—社会医学模式，说如此才可能达到最佳的诊疗效果。然而，大多数医生关心的是诊疗原则，遵从的是医疗程序，甚至有些病人也将注意力完全放在药物和具体的治疗手段上，忽视了疾病中人的情感、人与人之间关系的"疗愈作用"。医生对病患之人的关心，健康人对残障之人的辅助，都是人类良善最基本的表达。郎大夫说的那张著名的"关爱"的处方，要开得出，开得好，需要一种整体医疗的智慧和风范，更是人存在于本能之中的良善的表达。（王姝）

268. 要避免对病人的歧视，无论什么病，如何得的病。疾病不是对病人的惩罚，至少医生应该这样看。

269. 治疗并不总意味着治愈某种疾病，有时意味着体恤，减轻痛苦。医生的注意力要集中到患病人的体验上，而不仅仅集中到疾病的过程本身。

270. 实际上，治疗方法的选择，不仅仅是什么疾病用什么方法两个因素；而应该是：这个病人及其罹患的疾病，适合哪个大夫及其给予的治法，只有四个因素完全契合，才是最佳选择。千万不要忽略两个人：医生和病人。

271. 医患交流的技巧：一、尊重与倾听，二、耐心与接受，三、坦诚与沟通，四、肯定与澄清，五、引导与总结。

门诊是患者最初接触医生的地方，也是大多数人了解自己身体状况、解决身体不适、获得医学常识、感受医疗环境的唯一场所。对于医生来说，门诊工作是日常临床工作的一个重要部分。比如一个三甲医院的妇科医生，每次（半个工作日）门诊通常接诊几十个病人。要在三四个小时内完成几十个病人的问诊、妇科查体、简单的辅助检查（如采取阴道分泌物或宫颈脱落细胞等）、书写门诊病历、开检查单、鉴别正常与异常、得出初步诊断、确定后续诊疗或随诊方案等，可以说是高强度的脑力和体力劳动。同时，门诊工作更是对医生心理与精神状态的挑战，每天每次门诊所面对的病人，年龄、性格、教育文化背景、个人习惯、心理状态和语言表达方式都各不相同；同样的是她们都正经历痛苦和焦虑，都希望所就诊的医生能在最短的时间内给出最确定的回答和最快最有效的治疗。如此便决定了门诊医患交流的几个特点：一、时间短：患者与医生之间交流的时间短，也因为大多就诊者是小毛病，无须经常复诊，互相都是新面孔；二、存疑多：患者多为初诊，对身体的不适或病痛存疑甚多，常常缺乏基本的健康和医学常识；三、情绪差：国内绝大多数大型医院的门诊都是一派拥挤忙乱的景象，而门诊患者大多数对疾病的诊断和治疗"云里雾里"，尚未形成基本概念，对疾病所造成的时间经济的额外投入和生活工作的突然变化更是没有心理准备。不难想象，烦躁、焦虑、怀疑甚至对抗的情绪很可能由此产生。

然而，在上研究生期间跟郎大夫出门诊时，听到、看到、感受到的却是全然不同的情景。那还是在北京协和医院以前的老门诊楼里，病人拥挤依旧，大夫繁忙依旧，位于走廊尽头的妇科8号诊室里，竟始终是从容、平和甚至愉悦的医病氛围，如果不是亲眼见证，如果不是经年累月的切身体会，很难想象，很难相信。诚然，达到这种医患交流的境界，需要精湛的诊疗技术和深厚的医学知识做根基，更体现了医生个人的高尚医德和人格魅力。此外，还要归功于诊疗中闪耀着良善与智慧之光的语言的艺术。然而，即便是撰文的当下，关于这种语言的艺术，笔者仍是满心感慨却难以言说，权且如实记录几段郎大夫在门诊时与患者的真实对话，大家一同体会其中滋味吧。（这里的故事都是真的，这里的名字都是假的。）

安抚与安慰——"你的鞋子真漂亮呀，是谁给你买的呀？"

这个故事曾经在一篇读后感中提到过。一个患先天性阴道闭锁的十二三岁的小女孩被母亲领着来看病，宫腔内的经血无法流出，越来越胀大的子宫引起周期性的严重腹痛。老师以他一贯的和蔼耐心问诊之后，在查体过程中小女孩儿不舒服不太配合，导师却转而说"咦，你的鞋子真漂亮呀，是谁给你买的呀"，以此转移她的注意力，小女孩很快安静下来，检查顺利结束，确定了诊断和治疗方案。离开门诊时，小女孩的母亲很感激，让女儿跟导师道别。小姑娘歪着头看了看，用她银铃般的声音说"叔叔再见"，那位母亲有些尴尬地说"要叫爷爷"，小姑娘很固执地没吭声，就快走出门时，却又回过头大声地说"叔叔再见"。在一旁的我们都笑了，郎大夫也有点不好意思地冲小孩儿摆摆手说"再见再见"。

一句看似无关的拉家常的话，即能让小病人安静下来，或许是真的转移了小姑娘的注意力；但谁又能否认，即便这样年幼的病人，也能从中感受到言谈话语中包含的和善与关爱，所以她坚持以自己的方式来表达谢意和情感。

消除隔阂——"哪里人？"

作为全国疑难重症患者会诊中心，北京协和医院的患者来自全国各地，而郎大夫的门诊更是如此，外地病人占绝大多数。跟随他上门诊久了，对这句话就非常耳熟。此外经常的情况是，病人和病家刚一开口，郎大夫就会说"是山东人吧？"或"四川的？"，有时和病人还会对上那么一两句山东话或四川话，病人马上就会一改刚进门的紧绷表情而露出笑脸。若是以前就诊过的"老病人"，他常常可以不看病历就准确地说出她是"青岛人"还是"德州人"，之前得的什么病，甚至是做什么工作的，哪怕最近的一次就诊已经是几年前的事儿了。之后，诊疗照常进行，但诊室的气氛却立刻变得轻松甚至愉悦，病人与大夫之间的距离与陌生感瞬间消失，取而代之的是患者情绪上的和缓、对医生的信任和尊敬、对诊疗方案的认可和依从。

事实上，时不时还会见到白发苍苍的老病人，一进诊室的门就说："大夫，十几二十年不见，您还是老样子，一点儿都没变。"而郎大夫不用看病历就向一旁的我们说："知道吗？她当时是卵巢癌Ⅲ期，看，现在多好啊！"听着让人着实感动。病人把自己数十年的身体健康坚持交付给同一个大夫，这里包含着多大的信任和多少发自内心的感激；而一个大夫又如何在身居学界泰斗之日，仍能将一个个病人记在心里，又用了多少真心和真情。

缓和气氛——"她是你女儿？""不，是我儿媳。"

有一天，一位六七十岁表情严肃的老太太进了门，一个年轻女人紧跟在后面陪着。老太太是病人，老师问："有什么不好呀？"老太太板着脸坐在旁边的板凳上气鼓鼓地没吭声，站在后面的年轻女人赶紧小心翼翼地回答："在我们那儿查出来卵巢上有肿瘤。"郎大夫接下来对老太太问："她是你女儿？""不，是我儿媳。""不错啊，儿媳妇陪着来看病，很孝顺嘛。"两句话下来，老太太露出不好意思的表情，情绪也顿时缓和了很多。病史询问继续进行。

又一次，一个年轻女子（权且称作李娜吧）领着她的朋友来门诊看病，看起来跟郎大夫好像挺熟。给来人看完病后，老师对我们说："李娜很不错，她母亲住院的时候一直陪在医院，工作都几乎不顾了。"李娜有些不好意思说："哎，这算什么好啊。""当然算，百善孝为先嘛。"

这些对话在当时也就是听听，只觉得郎大夫很细心、很细腻，在忙碌的门诊还能留意并兼顾到看病之外的人情世故。直到有一天，跳出我们与世隔绝的医学世界，以"非专业"的眼光看待疾病和病人，才好似突然理解了这些"题外话"的含义。病人的生活，或者说患病之后的生活，绝非一下子仅剩了疾病这一件事，也绝非仅仅要处理医患关系，这一点无论是病人自己、病人家属，还是医生，都应该有正确的认识。病人在患病后容易陷入以自我为中心、以疾病为中心的情绪中，对病后生活的不接受和不适应往往导致心理上的恼怒情绪，对自己也对周围的人造成一定的困扰。由此很容易给家人增添更大的压力，导致双方负面情绪累积上升。对于患者，如此便容易失去很重要的社会心理支持，非常不利于建立病后新的生活平衡状态；不良的精神状态和不稳定的情绪更不利于疾病本身的恢复。此时，对于病家，亲人罹患疾病确是不小的打击，但应该在客观现实和心理情感上尽快适应和平复，因为只有以平和理智的心态去面对和理解患病的亲人，才能支持和帮助他们渡过难关。正如一本医学社会学的书中讲到的："很奇怪，医学的发展并没有取代家庭和社会环境在疾病治疗中的作用。"大夫在门诊时不经意的寥寥数语，其实是在提醒病人、病家和我们这些年轻医生，治疗疾病绝不限于医院里，恢复健康也绝不仅仅是大夫的功劳。不要放弃使用各种社会心理支持因素去帮助治愈疾病，而要乐用之，更要善用之。

鼓励和夸奖——"她很厉害的，生的是龙凤胎呢。"

郎大夫在门诊还有一个习惯，就是向他的新学生介绍他的老病人。例如，这天有位四十岁出头的女病人一走进诊室，他立刻叫出病人的名字（就叫李艳吧），向我们介绍道："你们知道吗，李艳很厉害的，生的是龙凤胎呢。"李艳很高兴地笑了："那都要感谢大夫。"之后，郎大夫开始翻看李艳厚厚的病历本（这是他的另一个习惯，尽管一旁助手已经记录了以往的病史，他通常还是要自己问病人病情，翻看以前的病历），一边看一边说："你们看，一开始诊断子宫高分化腺癌，当时李艳才三十多岁，但还没孩子，于是，我们就开始用高效孕激素了，每三个月诊刮一次，变成中度不典型增生了，用了大半年，子宫内膜反应很好，正常了。我们又开始帮助她怀孕，她很厉害，龙凤胎呢，孩子现在都好吧？""很好，真是要谢谢大夫。"

另一例，一位六十多岁既往卵巢癌的病人，进门的时候老太太估计是等的时间有点长，大着嗓门说话，以表达她的不满；等坐定，郎大夫笑笑说："好久不见啦，声音挺大嘛，看起来不错呀。"老太太一下子没了火气，说："都挺好，就是最近查了B超，又发现了一个东西，大夫，是不是又复发了呀？""也不一定，咱们先查查。"最后证明并非肿瘤复发，只是盆腔有少许粘连罢了。之后，郎大夫向病人交代了下次随诊的时间和要做的检查。老太太离开诊室时，刚进门时的紧张烦躁已全然烟消云散了。

又一例，张月，三十多岁，但真可谓历经磨难，先后因为"卵巢癌""乳腺癌""脑胶质瘤""肠梗阻"做过四五次大手术，其间还有很多次化疗和放疗。这次她来，看起来精神还好，只是人很瘦，现在放化疗都已结束，定期在门诊随访，每月一次。每次她来就诊，郎大夫都要对在一旁的我们说："她很不容易，可谓历经磨难呀，但现在不错。"然后指导她到营养科制定营养食品，尽快恢复体质。

郎大夫门诊多是病情复杂的棘手病例，如诊断不清的"疑难杂症"，难治或复发的恶性肿瘤，长期不愈又原因不明的慢性疼痛等。很多患者已辗转多处就诊就治，很多患者已历经多次手术化疗，可以想象病人和病家身心所遭受的折磨有多深。常常能在门诊听到他对病人的肯定和夸奖，在诊疗的过程中，始终关注患者自己的努力。对患者来说，自己艰难痛苦的患病经历有人能体会和理解，会给他们很多安慰和心理支持，若又有大夫的肯定和鼓励，则更能感觉到自己不是孤军作战，信心和勇气随之倍增。

写到最后发现，总结的这些"语言的艺术"貌似有条有理、有章可循。事实上，起作用的是一种"场"，是那张"关爱"处方的墨香。而从这张处方获益的，绝不仅仅是患者，深受惠泽的更有作为医者的我们。每个患者的几十分钟，却是我们实实在在一生的事业，于人无愧，于己当无憾矣！（王姝）

272. 医生对病人不可颐指气使，病人对医生不可鄙薄轻视。坦诚不仅关乎医患和谐，还是疾病诊治科学性、可靠性的一个保证。

医患是一种特殊的团队，也是最需要彼此信任的一种团队，尊重和坦诚是必要的前提。大夫决定接诊这个病人，即需为他考虑为他负责，

病人也需配合他、帮助他、鼓励他。医生与病人之间坦诚地沟通、交谈、倾听，才能顺畅地合作，实现共同的目标。（邓姗）

273. 患者该多么需要睿智的医学体恤者：有时是治愈，常常是帮助，却总是慰藉；患者该多么需要理解贫乏的医学和乏术无力的医生啊。

人与病

274. 健康——生病时，回忆没病时的那种感觉。

这是老师《一个医生的非医学词典》中的一个词条，对于"健康"一词的解释非常到位。拿我自己来说吧，2006年我因滑雪而膝关节受伤。在此之前，我是个"多动症患者"，总觉得世界很大，都想去看看，运动自如的感觉真好。膝关节受伤后打了石膏，由于下楼很不方便，我几乎足不出户，成了名副其实的"宅男"。人只有失去了自由，才知道自由的可贵。后遗症还是有的，现在受凉或劳累后，一站起来膝盖就会疼痛，要靠止痛药镇压。爬山之类的运动，只好被迫减少。至于滑雪、滑冰之类，听着我就腿疼。于我而言，最大的健康感受，就是腿没有受伤前的自由。（谭先杰）

275. 养生保健或可延年，长生不老终是枉然。

276. 保健靠自己，看病找大夫。

如果说"医生给病人的第一张处方是关爱"是老师给医生同行最好的勉励，那么这句"保健靠自己，看病找大夫"则是老师给公众最好的健康箴言，其实也是医生开展健康科普时应该掌握的尺度。

我在女性健康科普书《子宫情事》的前言中对老师的健康箴言做了如此引申："本书的理想阅读对象不是已经罹患了疾病的病人，而是身体稍有不适或者完全健康的女人，当然还有她的丈夫、男友或家人。对很多的知识点我都是点到为止，只讲述概念性问题，并不深入讨论具体的诊断和治疗方法，后者应该是医生们做的事情。"我尽量通过轻松的语言传递重要的科普知识。我希望朋友们通过茶余饭后或夜晚入睡前的阅读，能够关注女性健康；要做到：无病不被忽悠，小病不被吓到，有病及时治疗。不要期望看了这本书后自己就能成为医生，这不可能，更不可取！诚如郎大夫所言："保健靠自己，看病找大夫。"（谭先杰）

277. 我们都对保存生命抱有强烈的期望，但我们都需要理解、耐心和安静。

278. 罹病与恩典——没有人愿意得病，没有人没得过病。美国作家弗兰纳里·奥韦康曾说："我觉得没有患过病的人，失却了上帝给予的一次恩典。"

279. 在严重威胁健康和生命的癌魔面前，保持冷静、建立信心，是极为难能可贵的——我甚至想把这比喻为面对敌人的刺刀和枪口，或者遭遇洪水猛兽时的那种泰然、镇定和机智，也不啻为一种英雄行为。

病人初次被告知患有癌症时，对疾病知识的缺乏甚至空白使他们不由得莫名惶惑；对失去健康的忧虑、对可能面临死亡的恐惧，以及随之而来的经济压力、生活秩序的扰乱等，几乎所有的人都无法冷静接受和从容面对。此乃人之常情。即便是熟悉疾病规律、了解治疗过程、深知疾病预后的专业人士，当得知家人甚至自己罹患癌症时，也一样恐惧而深感无力，无人能免。但是，我们常常能看到一些癌症患者和他们的家人，如此坚强，很快从不幸的打击中振作起来，勇敢面对。他们如此乐观，在痛苦的疾病中，在同样受折磨的治疗过程里，一个化疗疗程过后，头发尽落，买个漂亮的假发戴上，等强烈不适的副反应过去，照样笑容灿烂地出现在你面前，迎接下一轮"战役"。他们如此睿智，能从病痛和磨难中体味出生命的价值，把人与人之间美好的情感彰显无余。即便最后，功败垂成，生命即将被迫过早结束，他们依然珍惜生命，不舍离开这个精彩的世界，但他们仍能平静地接受生命最后一刻的到来，并且考虑更多的是如何安慰家人、如何鼓励他们继续对生活心怀希望、如何能让自己的价值得以延续和传递，让他人获益。每次遇到这样的病人和病家，都忍不住要在心里向他们致敬。的确，疾病和死亡面前，他们依然保持泰然、镇定、机智和优雅，他们是生命战场上的英雄！（周莹）

与周莹博士

对于要成为医生的人，做过一回病人、病家未尝不是一件好事（当然，人人都祈求无病无灾）。如此，或许更能深刻地体会病榻上的患者到底需要怎样的同情和抚慰，怎样的理解和支持。（朱信信）

280. 得了癌症如何善待自己，周围的人又该如何打破构筑在他们心理外围的壁垒，这是克制癌瘤的、并不亚于医生处置的、不可忽视的一条战线！

对于肿瘤患者，面对患病这一生命中的巨大变故，不被击垮很难；做到不一味执拗于追求药到病除、痊愈如初，也很难。在得知患病、寻求诊疗、接受治疗的漫长过程中，相当一部分人无暇旁顾"专注"治病，当然这无可厚非。但有些病患不可避免地漠视了周围亲人的感受、忽略了从疾患痛苦中升华对人生的感悟、牺牲了疾病以外所有愉快和美好的东西，不啻是在不幸中又增加了另外的不幸，在客观上放大了痛苦、蔓延了痛苦。我们看到这一切真的心里焦急。因此，我们劝导肿瘤患者和家人勇于面对疾病，正视它、了解它、打败它；若不能打败，就学会如何与之相处，积极调整生活和心理状态，重建病中和病后的生活。同时，我们也呼吁我国能培养更多专业的癌症心理学工作者，为癌症患者及家庭成员提供专业的心理帮助和指导；也期待癌症的临终看护医学、舒缓医学能让我国更多的绝症患者从容、优雅、有尊严地面对死亡。（王姝）

281. 如果我们实在治不好他们的病，那就应该让他们活得好一些，痛苦少一些。

这样的态度不只是对待疾病，更是对待生活的态度。如果努力了做不到、治不好，那么就既来之，则安之吧。学会与之共处，学会接受不幸，本身的痛苦可能无力消除，但因痛苦而产生的苦楚或许能尽量减少。生活是过程,不是结果;生活是当下,不是过去,也不是将来。古往今来,不乏春风得意之时遭遇变故的人,有的就此一蹶不振,也有的卧薪尝胆,最终成就正果。所谓此心安处,便是吾乡,靠的是内心的强大。人生在世,不一味追求金钱、地位、名声,对自己有清醒客观的判断,既不妄自菲薄,也不盲目自大。(王巍)

与王巍博士

282. 癌症给患者带来痛苦,使其生存受到威胁,但也会令其更好地理解生活、珍重并热爱生活。他们会在和病魔的斗争中,在困惑和希望、痛苦与关怀的磨砺中取得平衡、树立信心。

癌症,对于病人来说是生命中不期遭遇的一场严峻考验。除了肉体的创伤,还要经历心灵深处的震惊、悲伤、委屈,甚至愤怒……在无法改变的命运、无法逆转的厄运面前,可能看似路已到尽头,别无选择,但事实上,人生总是峰回路转,选择很多,得看是在高处得以凭栏远眺,还是在低处只能困于一隅?病痛的经历是人生不寻常的历练,很多患者由此开始深入思考生命的隐秘,继而发出悲悯向善的情怀,引发对生命真谛的内省,打开更为广阔的生命视野。更有许多文学家、哲学

行医　177

家、艺术家，在遭遇病痛与死神的磨砺之后，最终创作出关于生命感悟的不朽作品。受到疾病侵扰的人是苦楚中的困兽，医者和病家应深知他们身体之外心灵所受的煎熬，和他们一同了解疾病、了解死亡。唯其如此，无论是病人、病家还是医者，才能坦然自在地直面病魔，以及终将到来的死亡。（张颖）

283. 既来之，则安之——与癌"共舞"：癌瘤的心理治疗。

癌症是恶魔，无情地吞噬着人类的身体；舞蹈则像天使，温柔地涤荡着人们的灵魂。"与癌共舞"应该是面对癌症时一种最为平和智慧的哲学与艺术。回想十年前在癌组轮转时，形形色色的癌症，各式各样的患者。有些患者怨天尤人、厌世悲观，有人焦虑疑惑、脾气古怪，也有人逃避现实、淡漠迟滞。但也有"与众不同"者。许多年过去，印象最深刻的是一位从内蒙古来的晚期卵巢癌患者，经历了几次大手术，身上插着尿管、胃管、腹腔引流管，每天查房都看见她梳洗干净、化着淡妆，坐在病床上微笑地"迎接"来查房的我们。多年来一直感动于她那种面对死亡的坦然，感动于她即便在与癌症抗争的焦灼之时，也仍然保持对美丽容貌的追求、对优雅举止的坚持。"不管你知不知道，生命一直都在从你的手中溜出，它一直都在从每一个人的手中溜出，不管那个人知不知道。我算是很幸运的，因为我知道。"这是她后来再也坐不起来时说的话。说得多好，我们每个人都无法避免死亡，但每个人都期望生命的时间更长些。但她这样清晰地感受、享受活着的每一天，又有谁能说她的生命比别人短暂呢？与癌共舞，也许很难，也许不难，"凡音之起，由人心之动，物使之然也"。如果学会如何面对死亡、如何克服恐惧，或许生命中的每个"飞来横祸"都会成为上天赐予获得非凡生命体验的机遇。正如美国心理学家、临终关怀践行者辛格所说："死亡，

将不是悲剧，而是恩宠。"（宋英娜）

与宋英娜博士

284．等待之于医事，是诊断或治疗的一个过程，无论对医生还是病人。

从古至今，对于自愈的观察都是医学最重要的一部分内容。在这一点上，好的医生通过对病情的敏锐观察，在适当的时间巧妙地参与，在看似无为的等待中，按照一定的规则与自然合作、共同努力，也在等待中看清病情脉络，最终协助病人恢复健康。公众如能正确认识看待疾病的自我修复能力，或可在机体轻度功能障碍的时候，在医生的建议指导下，利用自然和身体的疗愈力量恢复健康。从而远离江湖术士借机使诈，也能避免迷信、偏见带来的伤害。对于健康的保持与恢复，科学与自然从来都不对立，行动与等待也同样不矛盾，只消选对时间、选对方法，为我健康所用。等待不是放弃，等待也是治疗。（王姝）

285．有时，甚至暂时不用任何手段的治疗，只是在医生的观察之下，在病人的感觉之中，实施所谓的"期待疗法"。这时，等待就是治

疗过程，等待就是最好的治疗！

286．有些"病"有些"症状"可能是常态的、生理性的、应激性的、反应性的、保护性的……尤其是某些精神心理相关行为，对此没有必要采取什么方法去治疗，没有确凿的证据说明什么方法有效，也许不治疗比用什么方法去治疗更好。也许最好的方法是不去治疗。

病与治的哲学解读

287．在做子宫肌瘤剔除时，请记住农夫的话，在收获过的马铃薯地里，我们总可以找出遗留的马铃薯。

288．凡事，就怕小事不愿做，大事做不来，不大不小的事做不好。

289．方法可以有很多种，技巧也可以有很多样，但原则只能有几点。

290．可能有两个悲剧或是两项提防：其一是不能随心所欲，其二是太随心所欲了。

291．幼稚就是管不住话也管不住尿；成熟就是管得住话也管得住尿；过于成熟就是管得住话但管不住尿了。——关于尿失禁的联想。

292．我们缺乏的可能不是技能，而是管理。
管理是一门学科、一种文化。著名管理学家德鲁克说过，卓有成效是可以习得的。（邓姗）

293. 科学家要把问题简单化，政治家却常把问题复杂化。科学家要善于从纷乱复杂的事物或现象中找出规律；而政治家则从平常、简单的表象中察觉苗头和动向，以"青萍之末"至狂风大作。——卵巢癌治疗提要。

294. 老子："祸兮，福之所倚；福兮，祸之所伏。"——祸福相倚谈肿瘤的高危因素。

295. 让它"放下屠刀，立地成佛"。——卵巢未成熟畸胎瘤的"改善从恶"和"和平共处"。

296. 医生做诊断，像是警察捉凶手，未果是常有的事。——"凶犯"在逃：转移性恶性肿瘤。

"大夫，我们跑了多家医院，都不能明确诊断。"这是在门诊和急诊经常听到的病人的开场白。"腹痛待查""出血原因待查""×××不除外"是我们在无法下确切结论时给出的诊断。明确诊断有时是件困难的事情，有时我们最终都无法给出确定无疑的诊断，只能说某个诊断能更合理地解释病情。做诊断需要丰富临床经验的指导。做诊断忌讳根据片面的信息，先入为主、"越看越像"。做诊断需要全面综合病情、查体、检查、检验结果，有时相关检查一个都不能少。做诊断有时还需要时间，需要经过一段时间后观察病情变化走向给出的提示。但有时，病情不允许坐等诊断明确，而需要果断开始治疗。有时，治疗也是诊断的一种方法，比如试验性用药，比如开腹或腹腔镜探查，通常能提供重要的病情信息，决定最终治疗方案。诊断是一个需要搜集信息、耗费时间的过程，诊断是从蛛丝马迹的罪行中找到线索，从长相各异的罪犯中区分不同的罪行。诊断需要时间,需要等待,需要付出。而这一过程,需要医生跟病人充分交流,做出合理解释,得到病人的理解与支持。(刘倩)

与刘倩博士

297. 它是上帝给人的第一个癌瘤,也是上帝给人以治愈的第一个癌瘤。——制伏绒癌,庇荫后代。

298. "三十六计"中居然没有"以毒攻毒",乃为遗憾。"武器"要精良,"战术"要灵活。——论妇科恶性肿瘤的治疗。

299. 对于"反动派",消灭一点,舒服一点;消灭得多,舒服得多;彻底消灭,彻底舒服。——用于卵巢癌肿瘤细胞减灭术。

300. 只有保护自己,才能消灭敌人;只有消灭敌人,才能保护自己——化疗不良反应难免,并发症要慎防。

301. 更年不是衰迈之年，正像列车在转弯时要经历颠簸一样，度过了更年期，恢复了平稳和协调，前面又是坦荡的路。

302. 奥斯勒："你懂了子宫内膜异位症，就是懂了妇科学。"

子宫内膜异位症，亦正亦邪，谜一般的神秘存在。

解剖层面，此病可以涉及全身各脏器，盆腔临近的器官更是常常被光顾，且内膜异位症导致的粘连可令局部解剖产生变异。作为外科大夫，做子宫内膜异位症手术，必须熟知解剖关系，了然于胸，方能气定神闲，游刃有余。

临床表现来说，妇科最常见的症状——出血及腹痛，内膜异位症都可以有。因此，大多数妇科疾病都需要与子宫内膜异位症鉴别。子宫内膜异位症是个慢性疾病，需要长期管理，但有时也可以表现为急腹症。

发病机理方面，子宫内膜异位症与遗传、内分泌、炎症、免疫、代谢、信号传导等密切相关，要了解子宫内膜异位症，还需要相当扎实的基础医学相关学科的背景。

与赵栋博士

良恶性而言，子宫内膜异位症介乎两者之间。类似于恶性肿瘤，作为良性疾病的子宫内膜异位症，根据病灶大小，病变累及器官有着明确的分期。子宫内膜异位症是女性不孕的重要因素，也是导致试管婴儿失败的原因之一。子宫内膜异位症在生殖医学这一妇科学的一个重要分支中亦占有一席之地。

郎大夫曾说过："一辈子只要做好一件事就很不错了。"我专注研究子宫内膜异位症十余载，奥斯勒的文字可谓很好的脚注。（赵栋）

303. 医圣希波克拉底有言："药治不好的，要用铁；铁治不好的，要用火。"——术后烧"野草"的综合治疗，说的是内异症，但不限于此。各种能量治疗，基本是"火"。

304. 毫不夸张地说，这根线缝在你的宫颈上，实际上也是勒在我的脖子上。我们要共同度过这半年多的紧张、不安与期待——宫颈环扎手术后，如是说。

第一次参与宫颈环扎手术是成为住院医生的第二年。病房收治了一位郎大夫的病人，怀孕15周，三次流产史，每次都在孕四个半月时。这次怀孕，不仅孕妇，连她的全家人都非常紧张，千里迢迢来协和医院找到郎大夫。经过门诊检查，确诊宫颈内口松弛，准备环扎手术。术前查房时郎大夫以他惯有的风格，先提问，然后是画图讲解。这是我第一次了解这个病、接触这样的病人。手术台上，我负责拉钩，暴露术野，郎大夫边讲解边操作，几乎没有出血，顺利完成。术后病人很快就出院了，带着喜悦和希望。实际上这个病人的治疗还没有结束，只是那时的我不知道。两年前，当我自己作为主刀医生完成这样一个手术时才发现，对于病人，手术仅仅是开始。她在术后还会持续紧张、不安。她经历的每一次宫缩、出血、流产和早产的迹象也都会让我的神经绷紧。直到有一天，她抱着自己刚刚出生的宝宝出现在我的面前，与其说我的感觉是喜悦，不如说是心中的一块石头终于落地后才有的平静。因为这根"线"终于脱离了我的脖子。（刘海元）

病与治的诗意联想

305. 《西游记》主题歌："踏平坎坷成大道……敢问路在何方？"——先天性阴道闭锁手术。

306. 王昌龄的诗："青山一道同云雨，明月何曾是两乡。"——来秋氏间隙。

307. 看见那条带，让我联想到缰绳，它管住了不驯的烈马；想到雨后美丽的彩虹，它带来了清爽和喜悦。——压力性尿失禁的微创手术治疗：TVT 手术。

虽然 TVT 三个字母是来自于三个英语单词的首字母，但愿意将一些事物图形化的我，似乎看到了一个 V 形的 tape，而这个 V 的左邻右舍的 T 就是耻骨后的两个小节点，将这条完美的彩虹悬挂在耻骨后，一条几厘米的条带悬勒住了不驯的烈马，治愈了那难言之隐的漏尿之症，我们佩服发明者智慧的同时，更深刻体会了还复杂于简单的哲学思想，创新与临床完美结合的典范。（孙智晶）

308. 鲁迅："世上本没有路，走的人多了，也便成了路。"——全子宫切除术后的输卵管脱垂。

309. 飘飘扬扬的雪落在冰冷的地上，一层一层、一片一片不化不融……——子宫内膜异位症腹膜型的发生。

310. 但丁的《神曲》中说："……我向前走着，走着，看到了花朵，脚步就停了下来。"——腹壁子宫内膜异位症的治疗。

311.《汉书·贾谊传》俚谚曰："欲投鼠而忌器。"——会阴子宫内膜异位症的治疗。

312. 菩提本无树，明镜亦非台。本来无一物，何处惹尘埃。——腹中的"巧克力"（盆腔内异症）。

313. 时时勤拂拭，勿使惹尘埃。——内异症的手术治疗。

314. 哨兵常常第一个发现敌人，哨兵也常常是第一个牺牲者。——前哨淋巴结。

315. 唐代张旭《桃花溪》："隐隐飞桥隔野烟，石矶西畔问渔船。桃花尽日随流水，洞在清溪何处边。"——又前哨淋巴结。

316. 毛泽东："暮色苍茫看劲松，乱云飞渡仍从容。天生一个仙人洞，无限风光在险峰。"——淋巴结清除的分级水平。

317. 冰冻三尺，非一日之寒。——癌前病变及交界瘤。

318. 莱蒙托夫："它寻求什么，在那遥远的异地？它丢下了什么，在这自己的故乡？"——根治性全阴道切除术。

319. 留得青山在，不怕没柴烧。——保留子宫的子宫颈癌根治术。

320. 泰戈尔："你离我有多远呢，果实呀？我藏在你的心里呢，花呀。"——肿瘤与内分泌关系复杂（的确复杂，最近更复杂）。

321. 关于育龄期女性的保健箴言：这是所有女性的黄金岁月，你可以有摇曳迷人的舞姿，可以吟唱美妙的旋律，你应该健康而充满活力，因为你是人类繁衍的母体。

322. 如果我们把更年期比作秋天，那么，请记住纪伯伦的这段话："在秋天，我收集起我的一切烦恼，我把它们埋在我的花园里。四月又到，春天来同大地结婚，在我的花园里开出与众不同的美丽的花。"

性，如是说

323. 性，生之桥；性，爱之链。——人与性。

324. 惠特曼："爱，不是一种单纯的行为；爱是一种气候，一种由心灵而形成的气候。"——性之心理要素。

325. 性爱是给予、接受和分享。——性生活和谐的建立。

326. 莎士比亚："酒激起了愿望，但也使行动成为泡影。"

猜测老师引用这句话的场合，应该是在探讨性功能障碍的问题。除了莎士比亚这句话之外，中国古人也说：茶为花博士，酒是色媒人。说的也应该是酒精和性欲的关系。的确，少量的酒精有刺激性欲的作用，但大量饮酒肯定会对勃起功能产生影响，以至于不能完成"任务"。此外，酗酒还会影响后代的健康。（谭先杰）

327. 贞操不是解剖学而是伦理学的一种概念。洁身自好，重要的是身心，或心也。

328. 多余的，恰恰是缺陷。——性之畸。

329. 各种各样的干柴，燃旺了性爱的篝火。——内分泌与性。

330. 情欲，既可以把你送入宁静的港湾，也可以把你卷入灾难的旋涡。——性与性病。

331. 所有的快乐并不都是来自痛苦的中止，所有的痛苦也并不都是来自快乐的中止。——不痛苦不意味着快乐，不快乐也不意味着就一定痛苦。——性与性病。

332. 如果你自认为年轻，那你就是年轻的；如果你自认为老了，你就真的老了！——女性之性过渡。

333. 金赛:"世上的事情不都是白色的,也不都是黑色的……"——同性之恋。

334.《少年维特之烦恼》:"这是人的至洁至纯,为什么此中有惨痛飞进?"——性道德。

335. 人活在世界上,要享受各种各样的自由,也要承受各种各样的限制。自由不一定都是快乐的,限制也不一定都是痛苦的。——性与法律。

336. 斯宾塞:"除非所有人都获得绝对自由,否则没有一个人能够是完全自由的;除非所有人都过得快活,否则没有一个人能被认为是完全快乐的。"——性犯罪。

337. 看人或看有色玻璃,都要从他们最光彩处着眼才公道。——性的美育。

手术之一:决策

338. 一个完美的手术,技巧只占 25%,而决策要占 75%。

做小大夫时,时时听到大大夫说这句话,当时体会并不深刻,因为那时我们处理病人还是按照上级大夫的医嘱执行。当逐渐长大时,自己查房时总挂在嘴边的也是这句话,殊不知我们在看大家行云流水般操刀手到病除时,其实术前的英明决策已了然于胸,而术中的每一步每一个节点也都有潜移默化的决策取舍在默默地运行中,所以看手术时不要只看到酣畅淋漓的快感，要用心、用脑去琢磨术者的各种决策，包括是否要做手术、手术的范围、手术的方式以及手术中的各种细节，无不凝结着术者的决策、经验和智慧，一切都在默默地决策中，所以一个完美的手术，我们不只看到表面的技巧，还要用心去体会那最为重要的关系——成败的决定因素占75%，外科医生不是用手而是用脑在做手术。（孙智晶）

记得当年工作面试的英文题目就是"外科手术是什么"。我就照着手中那篇英文文章中写的说道："外科手术不仅仅是手术操作，还要包括详细的病史采集，体格检查，辅助检查，手术方式的选择……"当时并不以为然。工作以后，才慢慢体会出，同样的疾病、不同的患者、不同的诉求，会施以同样的手术方式。同样的手术、不同的患者在手术中的处理也会有所差别。对病人的治疗独立做出决策，是一名外科医师最重要的训练。根据术前对病情的判断，医生要做出是否需要手术的决策，手术方式、路径和范围的决策，预判术中可能出现的情况以及如何应对的决策。即便术前如此充分地准备，术中依然会出现各种意外，此时更要迅速做出决策，应对突如其来的情况。所以匠人训练后也许也能做手术，但是不能像外科医生那样做出完美的手术。（周莹）

老师的这句话，我在很多场合都直接引用，其中引用最多的是在我们每年四期的北京协和医院妇科肿瘤腹腔镜高级研习班上。每期我都会讲一堂课"腹腔镜子宫切除术"。讲完腹腔镜子宫切除的具体操作和技巧后，我会接着讲腹腔镜子宫切除的手术指征问题。我说为什么有的医生做腹腔镜子宫切除很顺利流畅，而有的医生或有的地方做腹腔镜子宫切除就很别扭，甚至手术后会出现并发症。我引申老师的这句话，强调一个完美的手术需要"正确的术前决策，完善的术前准备，完美的手术操作，细致的术后护理"，只有手术指征掌握得当，手术才能安全顺利。目前有的地方为了追求所谓的"微创"，无论病人的病情如何，也无论医院的条件如何，手术都采用腹腔镜操作。这样做风险很大，因为即使腹腔镜手术技术再娴熟，如果病例选择不当，同样存在风险。就像一条无论如何也无法通过的绝路，驾驶技术再高，也避免不了车毁人伤。选择合适的路线比驾驶技术更为关键，手术治疗也是如此。（谭先杰）

339. 临床决策的基本原则是：一、充分的事实和证据，二、周密的设计和方案，三、审慎的实施和操作，四、灵活的应急和应变，五、全面的考量和考虑。

一名手术医生的成长，需要上很多级台阶，也需要经历很多个平台甚至低谷，每个人在爬坡的不同阶段会对手术有不同的理解和体验。刚做医生第一年时，自己是个很笨的小学徒，站在术者对面茫然无措，不知道干什么甚至拿什么，哆嗦、僵硬，一个结都打不紧。那个时候，常常被灵巧的上级大夫结扎、缝合、打结、备钳子这些基本动作迷倒，喜欢看各种手术图谱或听高年资医生讲这些基本动作的小讲究。在自己眼中，娴熟、流畅而漂亮的动作就是好手术。于是夜以继日地在病房等，等每一个上急诊和常规手术的机会，靠勤学苦练来弥补天分的不足。直到有一天，住院总笑着对我说："嗯，进步真的很大！我现在都很怀念你拉钩的日子，好顺畅啊……"那个时候，逐渐明白技巧已不再是稀罕物，好手术的完成需要配合，每个人都很重要。敏感地体察台上大夫的意图、了解手术的计划、及时和恰到好处地给予协助是助手追求的目标。

上的手术多了，逐渐碰到越来越多的困难和险境。出血止不住、粘连分不清、切不净、补不上……开始的时候总还能全情投入、积极应对，手术范围越做越大，手术时间越发漫长，就逐渐失去耐心、愁苦满怀，有时甚至在台上暗暗庆幸："幸亏我不是主刀！要不然，怎么办啊？"那个时候，体会到手术医生顽强的意志、持久的耐心和强大的心理承受力是一个好的手术重要的支撑。

自己开始做住院总了、当主治大夫了，真正开始带下级医师做手术了，才知道原来主刀和助手是多么的不同。你不再仅仅是一个需要按部就班完成动作的人，既要在台上主导和完成自己的任务，又要给助手留有余地和发挥。你不能再单纯追求一个手术的完成时间，而要保证一个手术的成功。你需要权衡——权衡一个手术是否该做？是否能做？是否现在做？是否你来做？你需要设计——设计手术以什么方式、什么范围、什么切口、什么特殊准备来做。你需要核对和确认——核对各种检验结果是否符合诊断？有没有忽略的禁忌证？患者和家属的意愿是否与你的手术目的一致？硬件的准备是否齐备？人员是否都能到位？你需要预想和应变——预想每一步操作失败的可能、与术前诊断不符的可能、手术方法及途径转变的可能、手术效果达不到预期的可能……

看郎大夫的手术，有两次印象深刻。一次是一个不明来源的腹膜后肿物的剖探。手术医师探进了腹部却不知肿物的位置，从哪里入手寻找？老师上台，探查过后指着侧腹膜一个地方说："就从这里进！"然后剪开一个小口，用两只大手上下左右潇洒地钝性分离了几下，一个肿物便显露出来，界线清晰。余下的切除也很顺利。另一次是观摩普妇组完成一个少见、复杂的先天发育畸形的手术。盆腔解剖结构完全辨认不清。每每到关键的部位纠结能做不能做、能切不能切时，台下坐镇观战的老师会适时地发话——"这个可以断，不怕！没重要东西"，抑或是

"这个地方不要动！危险！从那一边来！"……我想，这才是手术难题最终得以成功破解的核心密码吧！（张颖）

340. 铁林迪（Te Linda）指出："手术哲学和手术技巧同样重要。"

大师的话精练而深刻，医学有太多的不确定性和特异性，手术技巧是基础和形，而手术哲学则是精髓和神，只有形神兼备方可大功告成。医生在临床决策中左右为难，预见性有时很难，而回顾性又往往有些无可奈何。术前的选择有几分举棋不定，而术中的情况又常使医者举步维艰，纵使有十分的技巧，也不如七分的决策三分的技巧更加柳暗花明，所以临床是一部深奥的书，而这部书里的辩证哲学是穷尽一生让人回味无穷而又有动人心魄的逐梦之旅，也许这就是医学的魅力。（孙智晶）

341. 外科的最高境界是外科决策，外科决策的制定在于正确思维，正确思维来源于外科医生本身的修养。

342. 外科手术，一半是技术，一半是艺术。只有技术，没有艺术，手术难以尽善尽美；只有艺术，没有技术，手术是无法完成的。而统率技术和艺术的是哲学，没有哲学，手术便失去方向，没了灵气。

老师的这段论述，可以看作对他自己的手术气场的很好诠释。跟随老师这么多年，经常遇到他以"救火队员"身份出现的场面。比如肠粘连分离不开、肠子裂口了，输尿管找不到了，子宫和卵巢被恶性肿瘤粘连包裹找不到了，主刀大夫满头大汗，无处下手，真正到了"山穷水尽"的境地，而老师上台后，总是能在很短时间内理出头绪，一番"剪""切""缝"的指令后，突然"柳暗花明"。

之前的主刀大夫没有技术吗？非也！切开、分离、缝合等操作都相当熟练。解剖不熟练吗？非也！但这个时候，需要修炼的就是对某些操作得失的权衡，哪些器官必要时可以损伤？哪些器官不能损伤？两害相权取其轻。老师能很好地统率技术和艺术，从得与失的哲学观点来指导操作，所以很快能做好一台手术。

当然，能杀出一条血路，与老师全面的手术技术更是分不开的，肠子破了能自救修补，血管破了自己能缝合，输尿管断了能自己修补。没有这些过硬的技术为基础，就难以潇洒自然。（谭先杰）

343．外科作为一种艺术、一种创造，与其经验、魄力、想象力、心理素质、品格修养，以至情感情趣、理想追求等因素密切相关。绝非仅仅技术、技巧而已。

344．临床决策的制定要切忌主观性和随意性，盲目性和偏向性，局限性和机械性，以及纯科学性和非人文性。

临床决策不是一蹴而就的功夫，而是恒久作战的过程。好比乐队的指挥，演出没有结束即不能退场，又如战争的统帅，战争没有结束就不

与李战飞博士

能松弛。好的临床决策需要准备、需要循证，需要预判、需要前瞻，不可临时抱佛脚，不可随意而为。但好的决策也是随机应变的，不是刻板教条的。决策与行动如影随形，在行动中决策，在决策中行动。好的决策不是放之四海而皆准的锦囊妙计，而是有的放矢、不断纠偏的战略战术。好的临床决策是眼里不光有"病"，还要有"人"，要努力治好病，更要待好人。做个好的临床决策不容易，做个好的临床决策有乐趣。（李战飞）

345. 审慎地决策手术，切忌病情了解不周详，手术目的不明确，病人状况不适宜，相应准备不完善。草率乃为极不明智之举，通常会遭遇危险，导致失败！

生殖领域的手术更是如此，小小的输卵管是去是留，是断是除；卵巢肿瘤是剔是切，卵巢皮是凝是缝；子宫整形利大还是弊大。为病人考虑得越多，就越需要医生根据患者的病情、意愿、家庭生活生育背景，甚至随访和经济条件，来周详考量，审慎决策，进而认真规划，完善准备。如果全然见病不见人，一心开刀，即便是技艺超群，也可能最终"手术做得很漂亮"，但病人并未获益，甚至受到额外的损失和伤害。这是外科医生的大忌，却并非罕见。（邓姗）

346. 这种方法、这个手术适合这个病人和他（她）的病；而不是让这个病人和他（她）的病适合你的方法、你的手术。

2014年，作为协和妇产科青年医生的代表，我参加了全国妇科微创视频比赛（我型我秀）。全国两百多家三级医院的三百余位妇科医生参赛。从预赛到复赛再到决赛，我接触到很多聪明的妇科医生，观摩了他们的手术技巧，收获颇丰。来自全国各大院校妇产科的专家组成了评委会,郎大夫是主席。在最终的决赛中,12位选手展示了高难度的手术和精湛的技巧。郎大夫的点评中,更多关注的是手术的指征是否明确,也就是手术该不该做。有的病例虽然病情严重,但是药物治疗同样可以尝试,为什么要选择做高风险的手术?手术方式合适吗?是腹腔镜还是阴式,抑或应该开腹?围手术期做了哪些评估和准备?其核心就是,你所做的手术是最适合你的病人的吗?在技术日新月异的今天,闪光的科技、器械和精进的技术总在诱惑着我们。但正如郎大夫时时提醒的,外科手术不应是器械和技术的炫耀,手术室里最重要的是病人。(刘海元)

347. 法国医生达杰:"外科医生的职责并不是创造吉尼斯纪录,而是让我们的患者信任自己,并为患者提供适合他们的治疗手段。"

老师引用法国医生的这段话,与老师说过的"外科手术不是器械和技术的炫耀,手术室里最重要的是病人"这句话有异曲同工之妙,这也是我们后辈开展手术操作的准则。

在此抖点小机灵。达杰医生的法文名字为Dargent,老师按英文拼读音译其实是不妥的。我2005年到法国做博士后之前,正规学习了半年法语,所以根据法语的发音,Dargent不能音译为达杰,而应该音译为"达荷让"。(谭先杰)

348. 毛泽东:不打无准备之仗,不打无把握之仗。——复发性卵巢癌的手术实施。

老师常常给我们讲复发性卵巢癌的处理。卵巢癌是女性生殖器官恶性肿瘤中处理最棘手的肿瘤,是妇科肿瘤医生面临的最大挑战。原因在于卵巢位居盆腔深处,发生肿瘤后不易早期发现,发现时70%是晚期,而且,即使经过了充分的治疗(满意的手术和正规的化疗)后,仍有

70%会在五年之内复发。于是，复发性卵巢癌就成为妇科肿瘤医生经常需要面对的问题。

而对于复发性卵巢癌，妇科肿瘤医生最需要做出的决定就是能否再次手术。这需要确定是不是有复发（所谓定性），是一处复发还是多处复发，能否切除干净（所谓定位），是耐药性复发还是敏感性复发（所谓定性），即费尽九牛二虎之力再次手术后，是否还有化疗方案。

这些需要妇科肿瘤医生全面考虑和平衡，权衡其益处和风险，而不是贸然去手术。否则手术只会带来并发症，增加病人的痛苦而不能给病人带来益处。

老师曾说，对于初次治疗的卵巢癌，最大的失误是不做手术！因为，多数卵巢癌都是晚期，所以，只要可能，都应该给予患者一次手术机会。而对于复发性卵巢癌，最大的失误就是贸然手术。

所谓不打无准备之仗，乃是因为复发性卵巢癌手术时需要切除肠道，需要切除膀胱、脾脏等，需要多科会诊之后才能手术。（谭先杰）

349. 英国妇产科学家邦尼（Bonney）："为着半打纯属良性的肿瘤而切掉年轻女性的子宫，不啻于一次外科手术的彻底失败。"

一名好的手术医生不仅表现在如何破坏病灶、切除器官之时，而更应表现在如何尽可能保留有效用的脏器之时；一项好的医学技术也不只是追求在各方面均能达到目的，而要在不能达到时，仍能为他人所不能及也。（戴毓欣）

这是老师在讲述保留女性生育功能和生理功能时最常引用的一句话。子宫肌瘤是女性最常见的妇科良性肿瘤，目前可以说基本不影响女性的生命，但在一百多年前，子宫肌瘤却是女性的噩梦，因为一旦得了子宫肌瘤，就必须要切除子宫。所幸后来发明了剔除肌瘤而保留子宫的手术方式，而该手术最重要的推广者就是邦尼医生，他甚至出版了一本关于子宫肌瘤剔除的专著。

老师曾说，在妇产科领域有几本专业著作是必须要读的，其中之一就是《邦尼妇科手术学》，其他几本是《威廉姆斯产科学》《特林迪妇科手术学》和《诺瓦克妇科学》。知道了邦尼医生的这段话后，我花"巨资"购买了一本《邦尼妇科手术学》。（谭先杰）

350. 破坏是单纯的，而建设是各种各样且复杂的……

妇产科的建设性手术当中，盆底重建手术当之无愧是最多样、最复杂。所谓多样，是指手术方式的多样化，可以根据不同路径、不同腔室、不同水平进行分类。经过一个多世纪的检验和筛选，能有幸保留至今的各种术式依然都是不完美的。有关孰优孰劣的争论，至今也没有停止过。我们不能奢望用一种术式解决所有病人的问题，同时也应该牢记每个病人手术方式的选择也是极其个体化的。所谓复杂，是指各种不确定性，包括客观检查和主观症状的不匹配，解剖后功能恢复的不可预知性，等等。我们的研究还远远不够透彻，我们仍无法透彻领悟上帝造人的精巧。因为复杂，所以探究；因为深奥，我们追求。（陈娟）

351. 微创不仅仅是一种方式，而是一种观念，一项原则。所谓"微创"也可以变成"巨创"。

352. 达杰："外科手术不应是器械和技术的炫耀，手术室里最重要的是病人。"

郎大夫说："一个完美的手术，技巧只占25%，而决策要占75%。"

这句话与达杰医生的上述箴言异曲同工。作为一个手术科室、以手术为最主要治疗手段之一的学科，协和妇产科始终将临床决策的重要性置于单纯手术操作之上（当然，手术技术本身也很重要），始终认同治病不是为了做手术而做手术的理念，关注病人的整体预后和综合转归甚于关注手术本身是否高明（虽然，手术高明者不乏其人）。甚至可以说，协和妇产科在全国始终保持领军地位，与全科上下对这一核心诊疗理念的认同和遵从密不可分。（李玲）

353. 手术是技术，手术是艺术，手术是哲学。

354. 外科解剖刀就是剑——是双刃剑。既可救人，也可伤人；既可伤别人，也可伤自己。

老师办公室的一张条幅，也是很多次讲座的题目——"救人还是杀人"。这关键在于治疗决策是否正确。解剖刀是钢，很锋利，而肿瘤再顽固也是肉，只要用力，刀切肉总是能切开的，但是切下去之后是否会过多地伤及正常器官？是否过多地产生并发症？是否过多地影响病人的生活质量？需要全面考虑。

对于手术医生而言，手术台上的刀和针是危险器械，按要求，护士和大夫传递"解剖刀"和"缝针"时，要明确地喊出"刀"和"针"，以提醒对方，以免受伤。

曾经历过一件事情。我们请兄弟医院整形外科的医生来帮助做外阴癌的手术，对方来了两位医生，上台之后，一个医生意外地切到了另一个医生的手背，结果手术没有开始，就先给同行消毒缝针。

或者，外科解剖刀可以伤别人，也可伤自己的另一层意思就是：如果手术指征把握不当，没有遵守医疗原则，导致医疗事故后，医生的从医生涯也会受到影响。

这把有"开膛破肚"执照的解剖刀，的确很沉！（谭先杰）

手术之二：技巧

355. 解剖是行车路线，解剖不灵，寸步难行。

作为喜欢自驾游的我而言，这句话对我感触很深。我自认为我的驾驶技术不错，关键在于我方向感很强，对地图很熟悉，很少迷路。同行的人也会开车，但却总有状况发生，原因就在于路线不熟悉，该出高速了还没有并线，该向左转弯了却还在外（右）道行走，结果就很狼狈，也很危险。

手术中的解剖也是这样。如果解剖不熟悉，器官辨识不清，就无从下刀。我所接触的高手前辈们，包括老师，都是解剖很牛的医生。

不开车时，多看地图。开车前，选好线路。

充当助手，观摩手术，复习录像，都是熟悉解剖的重要方法。（谭先杰）

356. 手术最重要的因素有两个：一个是暴露，第二个还是暴露。第三个，仅仅暴露是不够的。

郎大夫带年轻大夫做手术，多站在"一助"（即第一助手，在"主刀"的对面）的位置。看似是"主刀"在做，他只是在协助手术、在暴露术野。但内行一看便知，他暴露的术野就是他指引你去的地方；他帮你暴露得恰到好处，你原本无处下手就一下子豁然开朗了；他帮你暴露分解被粘连的、被肿瘤包裹的部位，看似关键的那一刀却留给你。手术记录上，你会出现在术者的位置，而他是"一助＋指导"。郎大夫总在手术台上考大家:"手术最终要的是什么?"众人纷纷作答,各种各样,也有人答"是暴露"。此时他会接着问:"那第二条呢?"多数人不禁犯了难,他会不无得意地说,"还是暴露"。末了,再问"那第三条呢?"诸多聪明的年轻人抢答道:"还是暴露!"每逢此时,他总会有些狡黠地说:"哈哈,仅仅暴露是不够的!"

这里原本说的是手术要素。但郎大夫在台上的风格和风范何尝不更耐人寻味、令人感动呢!(朱兰)

与朱兰博士

有的"小大夫"抱怨手术中总是"拉钩"(全名叫腹部拉钩,用于挡开术野周围的组织脏器,协助充分暴露要实施手术的部位),不能做更多操作。作为手术团队的一员,充分暴露术野对于术者有着非常重要的意义。更为重要的是,几年的"钩"拉下来,有人仍旧只知用力,而有人早已将解剖和手术步骤烂熟于心。有朝一日,同样有了"主刀"的机会,有人迅速成长为娴熟的外科大夫,而有人却迟迟上不了轨道。所有起初一起干这些琐碎"无用"之事的人,最终大抵都会是类似的这两种结局吧。(李玲)

在一段时间，我跟随我的上级大夫手术时，配合得天衣无缝，手术顺畅，真如行云流水。但是，当我带着我的下级医生做手术时，同样的步骤，同样的操作，甚至口中念念有词，过程却困难了许多。再等到上级医生上台，我才发现，原来主要原因就是不能够准确地表达指令，不能让助手完美暴露。而暴露不充分的原因，是因为助手没有像我当助手时那样能够了解上级医生的想法，提前去做一些除了暴露之外的步骤，所以手术过程就显得别扭。

暴露对外科手术而言是相当重要的，可以说，很多损伤都是因为暴露不够，而手术者勉强手术造成的。

所以我的感悟是，作为助手，要很好地帮助术者暴露，作为术者，要明确无误地指导助手暴露。这都需要时间。（谭先杰）

357. 施行显微外科或内镜手术时，经常提到几项技术原则：保持湿润、保持无血、保持清晰、保持轻柔、保持速度，其根本是保持微创。这些原则也适合任何一个手术过程。

358. 生殖道畸形的矫治手术的原则：先解决症状问题，再看解剖问题，再看功能问题。

359. 保留神经的宫颈癌根治术中保留神经三重境界：一是手下有神经，脑中无神经——手下的神经不一定是神经；二是脑中有神经，手下无神经——手下功夫不济；三是脑中有神经，手下也有神经——这就对了。

看似讲的是技术，实际上讲的是哲学。是做人、做事、做学问的三原则，是哲学在医学中的具体应用。佛云：看山是山，看山不是

山,看山又是山。只有深刻理解、认真领会才能体会其中的奥妙。(陈春林)

与陈春林博士

360. 内镜手术是外科医生的视角与手臂的延长。它改变了思维观念、改变了技术路线、改变了操作技巧。

361. 一个成熟的外科医生应该掌握各种手术方式,又善于形成自己的特长。

手术之三:台风

362. 外科医生在手术台上,犹如舰长在操纵潜艇,他的镇定自若、机敏灵活、睿智幽默都会使手术进入艺术之佳境。

好的术者是一次手术的导演,他会时时调整每个演员的位置动作,还要鼓舞大家集中精力不准分神,现场示教、笑话幽默、提问考察都是不可缺少的,有时还要照顾台下配合和参观人员的融入和积极性,即幕后人员的积极性。可是导演的剧本在术前有时会有很多意想不到，但只有导得多了，那些意想不到才会变成意料之中，而对意外情况或紧急情况气定神闲地指挥处理，惊心动魄，更令人叹为观止……所以哪些剧本可以导，如何导，导到什么程度，就是经验积累了。手术达到一定境界，就是一种艺术，术者享受，观赏者回味，流畅、清晰、精准、美妙……一切皆在不言中。（孙智晶）

363．"台风"，手术台上的作风，是素养、品格、个性、技术与经验的综合体现，是外科医生个人风格和全部特质的集中展示。

老话儿说，"干什么要有干什么的样子"。对一名做手术的外科医生来说，"台风"可能就是做手术的"样子"。好的"台风"应该包括很多方面。

好的"台风"常常先有好的基本素质——正直、善良、负责，为他人着想的术者会注意保护患者的隐私，严格遵守无菌原则和操作规范，术中的每一刀每一针都贯穿着受伤观念，对患者真正体现出关心，而不会随意草率为之。在一些感染手术中，有些术者很自觉地适当放慢手术速度，谨慎取放缝合针、手术刀等器械，体现出对团队每个成员的尊重和爱护。谦逊、踏实的术者，很少会在手术决策过程中和手术台上做出冲动的决定和行为，也很少会在遭遇困难的时候一味抱怨、指责，甚至推卸责任。

好的"台风"必须有足够的技术和经验做支撑——有着精湛技艺、丰富经验的术者，手术节奏往往并非单纯"求快"，而是有张有弛，简单的步骤流畅利落，复杂的步骤细致稳妥。而正所谓"艺高"才能"人胆大"，只有这样的术者才能在手术决策时做到周全充分，在面对高难度、高风险时有足够的勇气和底气挑战和担当，在面对险境时不慌不乱，掌控得了局面，稳定得了人心。

好的"台风"还要依靠过硬的心理素质和"孰可为、孰不可为"的智慧——耐心、毅力与冷静、清晰的头脑都是很重要的。手术对象和疾病的个体化千差万别，应变能力和抗压能力是好的外科医生不可或缺的。而且，有能力识别高风险和适时"收手"的外科医生更加难得和优秀，能做到合理的变通和"适可而止"的决断，更是"高手的台风"。（张颖）

364. 优良的"台风"是一种科学、一种艺术、一种哲学、一种人文景观。它常常包含以下诸方面的优秀品质和表达：睿智、机敏，沉稳、练达，谦和、协作，言传、身教。

与张德普博士

跟郎大夫上手术、看郎大夫做手术是一种享受。郎大夫手术技术高超，观察力敏锐，台风练达沉稳，术行流畅。郎大夫在手术台上的故事，我听过很多，举两个例子。有一次，一个年轻住院大夫博士毕业临床考试，患者恰是郎大夫的病人，因此有机会第一次和"大教授"搭台,这位大夫非常紧张,在缝合打结的时候用力过大,把线打断了,这下更加紧张、手足无措了。这时,郎大夫出人意料地接过线来重打了个结,却故意用力把线也拉断了。然后说,看,我也打断了。没关系,重新打就好了。直至今日,邀请郎大夫上台的必是一些疑难特殊手术,闻讯前来观摩手术的医师,总是能感受到远远超越手术技巧之外的东西。一台手术下来,手术的睿智、机敏,台风的沉稳、练达,对人的谦和、协作,对学生下级不忘言传身教全都包含其中,确是悦目暖心的一道人文景观。(张德普)

外科医生

365. 外科医生要处理好三种关系。(1) 主刀和团队:主刀是统帅,助手、麻醉师和手术护士是士兵,这是一个和谐的战斗集体,要密切配合、彼此尊重。统帅主观武断,士兵疲沓松懈是打不好仗的。(2) 大手术和小手术:每个外科医生都是从小手术做起的,而手术却无大小,只有会做不会做,做好做不好之分。(3) 数量和质量:实践出真知,磨炼出本领。没有数量就没有质量,但数量还不是质量。外科医生要不拒大小、不拒难易、不拒种类地努力实践,不断积累。不能只看不做,只做不想,只想不学。要认真细致,反复回味,总结提高,这样才能有质。

手术团队如同乐队,每一个人都必须身心合一、默契和谐地配合,如此才能奏出美妙的天籁之音,才能舞出唯美的刀尖舞蹈,才能雕出最绝美的解剖艺术。(艾星子·艾里)

366. 三种外科医生:一是医师乐于开刀而乐此不疲,手技好,经验多,但不擅(或无暇)坐而论道或于纸上叙长短。二是理论广博,研究深高，长于讲授，但刀下功夫并不十分精彩。第三种则是两者兼具，文武皆优，难能可贵。

367. 外科医生"三重境"——得艺，得气，得道。
得艺：熟能生巧，有经有验，解除危机，排遣疑难。
得气：升堂入室，应付裕如，举一反三，融会贯通。
得道：修炼升华，厘清玄机，地作天成，心有灵犀。

368. 外科医生的四个基本技能：观念，解剖，技巧，应急（所谓 Case：Concept，Anatomy，Skill，Emergency）。

369. 好的外科大夫有时竟然是尽量不做手术。——能不开刀解决问题的，当然无须开刀；能减少损伤的，尽量采用微创。所谓，将军决战何止在战场。

临床决策决定了手术这场战役的战略高度：避免盲目手术，避免仓促手术。尤其对于病情复杂、手术难度大的患者，周全的术前评估、讨论、计划、准备是决定手术成败，甚至病人生死的关键！北京协和医院妇科肿瘤专业组几十年来建立了严格的术前讨论和大查房制度，每周三上午专业组的所有正副教授和在组内轮转的主治医生、住院总医师和住院医生都会准时参加，就本周计划手术的每一例患者，汇报术前情况、审核治疗方案及手术指征，讨论是否需要手术、如何施行手术，提出围手术期还需完善的准备，对术中需要预备的药品、器械、兄弟科室的会诊人员都一一落实，甚至家属的意愿、婚育背景以及经济情况都在考虑之列。常常会有患者主管团队之外的参会人员对诊疗方案及细节提出重要的意见或给予精妙的补充。可以说，如此雷打不动的术前讨论制度，是协和医院妇产科在妇科肿瘤诊治方面持续保持领先的一个重要原因。除妇科肿瘤之外的每个亚专业组，都有固定的讨论和大查房，坚持数十年，已成制度，已成自然，从未中断。将军决战何止在战场，或在帐幔之中，甚或千里之外。（钟逸峰）

与钟逸峰博士

370. 好的外科医生相信他所看见的，差的外科医生看见他所相信的。

外科医生，面对的是再真实不过的人体，保持客观理性是至关重要的。任何先入为主的主观倾向，都会蒙蔽人的双眼，让你更多地看到你相信的和你更愿意看到的，而忽视那些你不愿意相信的。人不是机器，完全没有感性是不可能的，但在实际工作中，我们要经常提醒自己注意那些不同的现象和不同的声音，以最大可能地实现正确客观的认识。（王立杰）

371. 每一例手术都应该有总结。这个总结应有个人的反思，集体的讨论，汲取经验与教训。要作为医疗程序，要形成工作制度。

372. 一个故事谁来讲，一出戏谁来演，一首歌谁来唱，一个手术谁来做……诚然，这个"谁"非常重要，甚至是决定性的。同样的事不同的人来做，结果可能大相径庭！所以，我们在做事情的时候（具体说做手术的时候），必须选好做事的人，即术者与助手。

373. 术前谈话，不仅是谈话艺术，也是人文观念使然，是对人的尊重、同情与关爱的体现。

术前谈话，是医生与患者及家属就要不要做手术，怎么做手术达成双方均接受的共识。医生和患者都是平常人，彼此的尊重和理解，是共同完成一件事情的必要基础。患者在专业知识方面的不均等，不应成为医生坚持己见、只将"谈话"作为"告知"的理由。而应该尽量做到坦诚平等，平实客观地解释病情及手术，避免用玄虚的专业术语炫耀自身在知识上优越，更不能故意强调一些小概率的严重并发症而吓退患者或让其忧虑不堪。耐心倾听患者及家属的提问、疑虑，甚至不同的意见，合理的要给予认真考虑，不合理的要给予善意的解释；若因此感到受到质疑，继而愠怒并上升至"尊重"的高度，实在不必，实在不该。此外，医生的言行举止、衣着神情，患者都会看在眼里，会给你打分；不可过分放松、不修边幅，不可言语随意、行为不拘。因此，术前谈话是医患彼此审视的时候，是医生用专业知识和一言一行俘获患者信任的时候。（邓姗）

作为一名住院大夫，每天都会与患者和家属进行术前谈话。时间长了，发现身边的同事在术前谈话中有以下几种风格：

一、照本宣科型。照着模板将十多条风险逐字逐句详细交代，对每条风险最严重的情况都会谈及死亡。只是一个术前谈话，患者已经面如土色，泪眼涟涟，家属也大喊"不做了不做了"，谈话签字颇费周折。

二、和风细雨型。将所有风险分为"有可能""可能性不大""可能性比较小"三类,详细告知可能性稍大的风险,并告知如果发生会有相应的补救措施。多数情况下,患者与家属会欣然签字。

三、潦草随意型。这类大夫一般脾气急,语速快。匆匆告知几条风险,大包大揽,患者与家属稀里糊涂地签了字。其实,患者及家属对病情和手术风险并无多少了解,一旦出现并发症,容易产生纠纷。

如果你是患者,你会选择哪类大夫给你谈话,给你手术?(陈娜)

374. 手术室里,无影灯下,安谧庄严,没有纷乱嘈杂,没有飞短流长。

无数心绪不宁的日子,走入手术间,想起郎大夫的这段话,听着麻醉监护仪心率的滴滴声,无影灯下手术器械开关的咔嗒声……所有烦恼慢慢散去,不管日后是否还会相聚拢,这一刻,已然安静下来。(周慧梅)

这是老师在《我喜欢做手术时的感觉》中的一段话。老师说,他很喜欢手术室的气氛和感觉。无影灯下,安谧庄严,没有纷乱嘈杂,没有飞短流长。主刀就像舰长驾船在大海中航行,绝对权威,没有敷衍,没有扯皮,不许有干扰。"手术室里最重要的是台上的病人",一切行动都为了病人,必须有绝对的合作。而这种感觉,在其他场合几乎是不可能做到的。

我想,只要是外科大夫,都会认同这种感觉。手术室里,病人是最重要的人,医生是最单纯的人。(谭先杰)

最初选择妇产科作为研究生专业,是因为喜爱手术。在协和医院临床轮转期间，过半的时间是在手术室里度过的，当初朦胧的"喜欢"也变成了坚定的热爱。手术室里，所有人的工作都围绕病人，全体手术团队人员，主刀、助手、麻醉师、台上器械护士、台下巡回护士，都心照不宣，配合默契。手术进行中，伴着麻醉机规律的声响，台上台下都高度专注，抛除所有杂念；直至最后一个操作结束，才舒一口气，满足的幸福会随之而来。手术室的时空里，其他所有的事变得不再重要，唯有台上这个人的生命健康需要你全身心地投入。（周星楠）

后记

这本书可以看作我的"一个医生"系列中的一本，之前有《一个医生的哲学》《一个医生的医道》《一个医生的序言》《一个医生的非医学词典》《一个医生的故事》等。本书之所以命名"悟语"，有下述几点理由。

第一，书中的语句基本出自我所写的书或文章；这当然是应该有些可思、可想、可悟的意味在其中。

第二，也许不揣冒昧，自认为本书是我的经历、学习和生活、工作的总结与反思，或可看作沉淀、提炼、结晶与升华。

第三，书中收入了我的同事和学生的阅读心得或议论；因此可以说这本书已不是个人的"悟"，而是众人的"思"，更期待未来有广大读者的"感"。

所以，我以为本书是一个铺设好了的"台"，使我们（作者、读者）得以一起来交流思想、切磋学问。这是初衷，更是企望。

我还以为，我和学生们所策划、撰写的这本书远胜于一次谈话、一次授课、一次讨论，更是一次新的尝试，使我们的交流、研究更深入细腻、更推心置腹。这其中的过程是教学相长的。可以说本书是我们共同的创造、共同的作品，如同我们共同完成一篇论文、完成一台手术那样。

全书分三个部分：为人、做事、行医。为人，是决定的；做事，是基本的；行医，是主要的。虽然，悟语多短句，但内容还算丰富。我从医52年，始终在医疗、教学、科研第一线，至今仍看病、查房、做手术；做过院长、科主任、专业分会的主任委员和会长；与同事、学生，与病人、家人，与周围接触的各种人交际相处，可以说阅人、处事不在少数。但我一直力求保持一个书生的品性和执着，保持一个医生的修养和认真，保持一个老师的热忱和负责。我一直力求去除事故，张扬真诚；摒弃功利，心存善良，做一个全心全意为患者服务的好医生。

一个临床医生的日常工作是医疗，写作只能算"副业"，业余之所为。书写学术论文和专业著作又是必须要做的，科普宣传不能当"副业"做，乃为医生分内的职责。这里的"悟语"，不同于文学作品，但是和从医却密不可分，可以看作医学人文吧。

医生的职责到底是什么呢？我在中国医师协会妇产科分会颁发"林巧稚杯"（中国妇产科医师奖）时，曾说过："我们和许许多多被她教育、被她救治、被她感动的人们一样，永远谨记她留给我们的最好礼物：对知识和技术的渴望，对真理的追求和理解，对人的善良、同情和关爱，以及用毕生力量改善人与社会健康的智慧。"

什么是"改善人与社会健康的智慧"呢？林巧稚大夫一直在昭示着我们，引导着我们去学习与探索，使我们得以前行。

最后，感谢所有的参与者，广大的读者！特别要感谢三联书店及本书的责任编辑唐明星女士。三联书店是我自幼年时就向往的出版社，至今仍是我经常去读书的知识殿堂！

郎景和
2016年秋

可以輕鬆閱讀，豈可放過嶄新的概念和機智的調侃。

文章誠然應該有用——那些知識和技術，只是應對工作的本領。

文章却不必都有其用——古今中外、浩瀚天空，那才是生活的空間和陽光雨露。

丙申年正月

景知

文章原來可以這樣讀

文章如人生——
可以信手拈來
却不可隨性拋舍。

文章最好是經典——
應該正襟危坐,
領悟的是哲理和神圣。

文章也會有雜記和小品——